두려워 말라 내가 너와 함께 함이라

이 도서의 국립중앙도서관 출판예정도서목록(CIP)은 서지정보유통지원시스템 홈페이지(http://seoji.nl.go.kr)와 국가자료공동목록시스템(http://www.nl.go.kr/kolisnet)에서 이용하실 수 있습니다. (CIP제어번호 : CIP2018015876)

세브란스 교역자들의 사랑 이야기

두려워 말라
내가 너와 함께 함이라

연세대학교 의료원 원목실 **엮음**

동연

추천의 글

　　　병원 사역은 흔히 특수기관목회라고 합니다. 그러나 하나님의 자녀들에게 주님의 사랑을 전하는 일에 일반과 특수가 가려질 수 없을 것입니다. 특히 병원에서 몸이 아픈 이들에게는, 가장 어려운 때이며, 내가 가진 지식이 무력하게 된 때임을 절감하게 됩니다. 그리하여 오로지 주님만 바라볼 수밖에 없는 그때에, 주님이 곁에 계심을 전하는 병원사역은 실로 경건함을 자아내게 합니다. 세브란스병원 원목실에서의 돌봄 사역을 통해 하나님의 은총이 아름답게 전파되는 주님의 축복이 임하기를 기도합니다.

　　　　　　　　　　김윤환 교수(고려대학교 의과대학, 한국기독의사회 차기회장)

　　　모두가 포기한 자리에서, 그래도 함께 하나님의 사랑의 손길을 기도로 간구하자고 용기를 주시는 세브란스 원목실 교역자분들의 모습을 보면서 희망을 보았습니다. 모두가 버린 사람들조차도 주님은 버리지 않으셨다고 말하는 그들을 통해 귀한 생명이 힘을 얻는 모습을 보면서 감동했습니다. 지금도 맡겨진 그 자리에서 묵묵히 주님의 손과 발 되어 섬기시는 교역자분들이 있으시기에 세브란스병원이 더 미덥고 아름다워 보입니다. 귀한 사역에 하나님의 은혜가 늘 충만하기를 기도하며 추천합니다.

　　　　　　　　　　박종화 목사(연세대학교 이사, 국민일보 이사장)

두려워 말라
내가 너와 함께 함이라

아픈 몸, 상한 마음을 둘 곳 없는 환자들에게 세브란스 교역자분들께서 보여주신 사랑과 헌신은 환자들을 위한 또 하나의 치료인 공감이었습니다. 책을 읽으면서 환자들을 자신의 가족처럼, 아니 자신의 몸처럼 아끼고 사랑하는 마음이 가슴 깊이 전해져 왔습니다. 영혼을 살리는 우리 교역자분들의 섬김의 손과 발을 통해 구원의 기쁜 소식이 세브란스병원 동산에 항상 울려 퍼지길 축복하며 추천의 글을 올립니다.

이병석 교수(연세대학교 의과대학, 세브란스병원장)

긴장감과 낯섦, 두려움으로 가득 찬 환자들에게 따뜻한 손 내밀어 기도해 주시는 분들이 계시기에 차가운 병원에 온기가 더해짐을 느낍니다. 외로움과 고통 속에서 하루하루를 보내고 계신 이들에게 주님의 사랑으로 다가가 평안과 담대함을 전하는 하나님의 종들의 모습이 아름답습니다. 육체적인 질병뿐만이 아니라 영적인 문제까지도 함께 만져주는 전인 치유의 현장을 접하면서 그리스도의 능력이 교역자들의 헌신을 통해 꽃 피우게 되기를 함께 기도하며 일독을 권합니다.

이영훈 목사(여의도순복음교회 담임목사, 한국교회총연합 공동대표회장)

병원 선교가 어떠해야 함을 몸으로 보여주시는 교역자분들의 모습을 보면서 도전을 받았습니다. 기적은 말로만의 사랑이 아니라 아픔 가운데 있는 이들 곁에 있어 주는 것에서 시작된다는 것도 다시 한번 깨닫게 됩니다. 힘든 자리를 인내하시는 분들에게 감사의 인사를 드리고 싶습니다. 글을 읽으면서 저 역시도 그런 모습을 본받고 싶다는 생각을 해보았습니다. 한 걸음 한 걸음 주님의 발자취를 따라 좁은 길 걸으시는 교역자분들을 통해 하나님의 나라가 환자와 가족들의 마음속에, 병원 위에, 이 땅 위에 임하길 기도하며 추천드립니다.

이종명 회장(에머슨퍼시픽 회장, 연세의료원 발전위원회 위원)

두려워 말라
내가 너와 함께 함이라

축사

세브란스 교역자의
숭고한 사명에 감사드립니다

세브란스는 우리나라 대표 의료선교 기관으로서 지난 133년간 복음 전파와 함께 하나님의 치유의 손길을 대신하여 왔습니다. 그 사명을 온전히 감당하기 위해 헌신하고 계시는 연세의료원 원목실 교역자 분들의 모습을 담은 '세브란스 교역자들의 사랑 이야기'의 출판은 의미가 크다고 생각합니다.

많은 환자분들이 세브란스에 대해 느끼는 첫 느낌은 그리스도의 향기가 가득한 치유의 병원 그리고 힘들고 낙심할 때마다 자신을 찾아와 위로와 믿음의 강건함을 전해주는 교역자 분들의 따뜻한 미소와 손길에 대한 기억입니다.

그들은 가족들을 뒤로하고 들어온 수술 준비실 천장에 쓰인 "두려워하지 말라 내가 너와 함께 함이라, 내가 너를 굳세게 하리라"(이

사야 41:10)라는 성구 한 구절에 큰 위안을 느꼈으며, 어느새 곁에 다가와 자신의 쾌유를 위해 기도해주는 교역자 분들의 모습을 잊을 수 없다고 합니다.

또한 우리나라 최초로 원목실 주도로 2013년부터 수술 의료진 모두가 환자를 위해 최선을 다한다는 약속과 함께 믿음의 기도를 전하는 "기도로 함께하는 의사" 프로젝트는 기독교선교 의료기관으로서의 세브란스의 사명 실천을 더욱 다지고 있습니다.

그 시작은 이미 한 세기 전인 1912년 세브란스병원 내에 원목실을 정식으로 설치하고 한국인 목회자에 의한 의료선교 사역으로 본격화한 일이었습니다. 이토록 자랑스러운 전통을 이어온 원목실은 환자들의 영적인 돌봄과 아울러 교직원 목회와 학생 목회, 나아가 연세의료원의 기독교적 정체성을 확립하는 데 크게 기여하고 있습니다. 우리 연세의료원의 원목실이야말로 기독교병원 원목실의 산실이자 한국 병원선교의 선구자라고 말할 수 있습니다.

또한 2001년부터는 임상목회교육(CPE) 과정을 설치하여 매해 질병으로 고통 받는 환우와 그 가족에게 신앙과 위로를 전하는 전문 교역자를 양성, 배출하여 한국 임상목회 및 의료선교 분야의 확장을 이끌고 있음도 연세의료원 원목실의 큰 기여라고 할 수 있습니다.

모쪼록 이 책에 담긴 연세의료원 원목실 교역자분들의 신앙 간증과 함께, 교역자들이 만난 환우들과의 감동적인 이야기들을 통해 많은 분들에게 하나님의 한없는 사랑이 전해지고, 희망과 용기가 솟아나기를 소망합니다.

다시 한번, 책 발간을 위해 수고로움을 다해주신 정종훈 원목실장님을 비롯한 연세의료원 원목실의 모든 교역자 분들께 감사를 드리며, 더 큰 발전을 기대해마지 않습니다. 책의 출판을 진심으로 축하하며, 고마움을 전합니다.

2018. 2. 28.
연세의료원 의무부총장 겸 의료원장
윤도흠

발간사

원목실 교역자들의 목회사역이
전인 치유를 완성합니다

　우리 연세의료원의 원목실에는 스물다섯 분의 교역자와 두 분의 행정직원이 마음을 모아서 사역을 감당하고 있습니다. 성별과 나이가 다르고, 출신 학교와 출신 지역이 다르고, 생긴 모습과 특징이 다를지라도, 그들은 환자를 위한 목회와 환자가족을 위한 목회에 사명감을 갖고서 최선을 다하고 있습니다. 그들의 목회사역을 보노라면, 병원 목회의 전문가가 어떠해야 하는지 깨닫게 되면서 큰 도전을 받습니다.

　연세의료원의 원목실장으로서 보직을 수행한 지 어느덧 3년 6개월이 지나고 있습니다. 본교 캠퍼스에서 파견되어 보직을 수행하고 있는 나로서는 원목실 교역자들의 전문성을 도저히 흉내 낼 수가 없습니다. 원목실 교역자들의 전문성은 환자와 그 가족의 아픔과 기쁨

두려워 말라
내가 너와 함께 함이라

에 동참하는 데서 출발합니다. 그들은 아파하는 분들의 아픔을 자신의 아픔으로 여기며 위로하고, 기뻐하는 분들의 기쁨을 자신의 기쁨으로 여기며 감사합니다. 병원이라는 특별한 사역지에서 매너리즘에 빠지지 않기 위해서 언제나 진정성과 함께 사랑의 깊이를 더하고자 노력합니다. 뿐만 아니라 누구를 만나든지, 상황이 어떠하든지, 하나님께서 사랑하시는 자녀이기 때문에, 친형제나 자매처럼 여기며 최선을 다합니다.

우리 연세의료원이 환자들의 전인 치유를 향해서 나아가는 것은 원목실 교역자들의 목회사역이 받쳐주기에 가능한 일입니다. 인간은 육체적인 존재이자 정신적인 존재이며, 창조주와 교감하는 영적인 존재입니다. 인간의 질병은 육체의 결함으로만 한정되지 않으며, 정신과 영혼의 질병으로 확장되기도 하고, 정신과 영혼의 건강은 육체의 질병을 치료하는 원천이 되기도 합니다. 의료진은 의술로써 육체의 질병과 정신의 질병을 치료하고, 원목실의 교역자들은 영적인 돌봄을 통해서 영혼의 건강을 지향합니다. 환자가 전인 치유에 이르기 위해서는 원목실 교역자들의 영적 돌봄의 사역이 필수적이기 때문에, 이 점에서 그들의 역할과 의미는 크다고 할 수 있겠습니다. 나는 우리 연세의료원 원목실 교역자들이 매우 자랑스럽습니다. 그들은 사명감으로 꽉 차서 자신의 역할을 기대 이상으로 잘 감당하며 사역하기 때문입니다.

나는 우리 연세의료원의 모든 구성원들이 환자의 전인 치유를 위해서 서로 협력하면 좋겠습니다. 환자의 건강을 회복시켜주는 하나님의 동역자로서 하나님의 손과 발로 쓰임을 받으면 좋겠습니다. 예수 그리스도의 마음을 담은 작은 예수로서 일하면 좋겠습니다. 선한 사마리아인처럼 환자의 생명 회복을 위해 기꺼이 봉사하고, 환자와 공감하면서 친절을 다하면 좋겠습니다. 모두가 하나님 사랑과 이웃 사랑의 기독교적 정체성을 확인하고, 자신의 책무를 수행하면 좋겠습니다. 무엇보다 하나님 앞에서 겸손히 무릎 꿇고, 언제나 기도하면서 환자를 치료하면 좋겠습니다.

최근 몇 년 동안 우리 연세의료원 원목실은 환자와 가족들의 신앙 수기집인 〈쿵쿵〉과 〈더 아파하시는 하나님〉을 출판했고, 의료진의 수기를 모아 〈별을 던지는 세브란스〉를 출판한 바 있습니다. 이번에 우리 세브란스 교역자들의 사랑 이야기를 모아 새로운 책을 출판하게 된 것을 기쁘게 생각하며, 그동안 우리 원목실 교역자들이 수행해 온 사역을 반성하고 객관화하며 성숙시키는 기회가 되기를 소망합니다. 이 책이 출판되기까지 수고를 아끼지 않은 우리 원목실의 교역자들과 직원들 한 분 한 분에게 깊은 감사를 전하며, 멋진 책으로 꾸며준 도서출판 동연 관계자 여러분에게도 감사의 마음을 전합니다. 하나님의 크신 은총과 인도하심이 이 책을 읽는 여러분과 언제나 함께하기를 기도합니다.

2018. 2. 28
연세의료원 원목실장 겸 교목실장
정 종 훈

차례

찬송은 기도가 되고 기적이 되어 _ 목사 최형철 / 내 손은 늘 따뜻해야 합니다 _ 목사 윤지은 / 내가 몽땅 고쳐 줄 거야 _ 목사 이재현 / 암 환자가 병원 목회자 되다 _ 전도사 오경숙 / 병원 목회를 통해 내게 주신 하나님의 은혜 _ 전도사 이애경 / 약함의 은혜 _ 목사 최준길 / 동행 Diary _ 목사 최은경 / 선한 사마리아인, 착한 세브란스인 _ 목사 정종훈

제1부

약함의 은혜

: 병원 사역의 사명

두려워 말라
내가 너와 함께 함이라

찬송은
기도가 되고
기적이 되어

목사 최형철

    1885년 한국 최초의 근대식 병원으로 세워진 세브란스병원은 〈기독교정신, 개척정신, 협동정신〉이라는 3대 원칙에 의해 운영되고 있습니다. 그래서 '진료, 교육, 연구, 선교, 봉사'의 모든 영역에 하나님의 뜻과 계획이 스며들도록 최선의 노력을 다하고 있습니다. 세계 선교 역사상 가장 성공한 케이스로 손꼽히는 우리 세브란스병원이 앞으로도 빛과 소금의 역할을 잘 감당할 수 있도록 한국교회와 성도님들의 관심과 기도를 부탁드립니다.

    세브란스병원은 선교 초기부터 원목실을 두어 교직원과 학생들의 기독교적 이념 구현이라는 사명뿐만 아니라 환자와 보호자들에 대한 영적인 돌봄과 전도 및 선교 활동에 최선을 다해 왔습니다. 환자를 위한 정기적인 예배, 각 병원별 기도회, 환자 상담과 심방을 비롯해 수술 대기실에서의 기도 등을 통해 하나님의 사랑과 평안을 전하고 있습니다.

세브란스병원에는 찾아오시는 분들이 '맞아! 세브란스병원은 기독교병원이지?' 하고 느낄 수 있는 요소들이 곳곳에 있습니다. "하나님의 사랑으로 인류를 질병으로부터 자유롭게 한다"라는 세브란스의 비전과 성경 말씀은 3층 로비를 비롯하여 병원 곳곳에서 어렵지 않게 발견할 수 있습니다. 수술실 입구와 수술환자 대기실 천장에서 볼 수 있는 "두려워하지 말라 내가 너와 함께 함이라…"로 시작되는 이사야 41장 10절 말씀은 수술을 앞둔 환자와 가족들에게 큰 위로가 되고 있습니다.

이와 더불어 세브란스병원의 기독교적 정체성을 잘 드러내는 것은 바로 '찬송'입니다. 세브란스병원 로비에 들어서는 순간 병원 내에 은은하게 찬송가 곡조가 울려 퍼지는 것을 들을 수 있으며, 저녁에는 병실 복도를 돌아다니며 찬양하는 여러 봉사팀의 찬양을 들을 수 있습니다.

현재의 세브란스병원 본관을 신축한 2005년, 세브란스병원의 기독교적인 정체성을 드러내는 동시에 불안하고 초조한 환자와 보호

두려워 말라
내가 너와 함께 함이라

자들에게 위로와 용기를 주기 위한 목적으로 찬송가를 들려주기 시작했습니다. 찬송가 가사 없이 악기로 연주한 것을 은은하게 틀어놓아서 진료나 업무에도 방해가 되지 않고 기독교인이 아닌 분들에게도 거부감을 주지 않는 것 같습니다.

지방의 어느 기독교병원에서 원목으로 사역하시는 한 목사님은 세브란스병원을 방문했다가 병원에서 찬송가 곡이 울려 퍼지는 것에 감동을 받아 우리 세브란스병원 원목실에 관련 내용을 문의하였습니다. 그리고 몇 개월 후, 지방의 그 병원 로비에서도 찬송가 곡조가 울리게 되었습니다.

찬송과 관련하여 원목실에서 강조점을 두는 프로그램 중의 하나는 바로 병동 찬양입니다. 병동 출입이 허락되는 오후 6시-8시, 병원 어느 곳에선가는 매일 어김없이 병동 찬양이 울려 퍼집니다. 환자와 보호자들이 병동 찬양을 통해 하나님의 사랑을 깨닫고 힘과 용기를 얻게 되었다는 이야기가 자주 들려오곤 합니다.

연세대학교 의료원에 속한 각 대학(의과대학, 치과대학, 간호대학, 보건대학원)과 각 병원(세브란스병원, 암병원, 강남 세브란스병원 등)은 매년 11월, 의료선교의 달을 맞이하여 찬양경연대회를 갖습니다. 이때 연세대학교 총장님이 참석하시어 축사를 하시는데, 2016년 김용학 총장님께서는 젊은 교수 시절 운동을 하다가 눈을 다쳐 세브란스병원에 입원했을 때의 일화를 소개하셨습니다. 치료를 위해 눈에 안대를 하고 있어 아무것도 볼 수 없고 걱정되고 초조하던 그때, 병동 저편에서 들려오는 찬송 소리가 큰 위안이 되었다고 하셨습니다. 찬양과 기도는 힘이 있고 능력이 있고, 이를 통해 우리는 하나님의 역사를 체험합니다.

　다양한 병동 찬양팀은 '어느 요일은 본관에서, 어느 요일은 암병원에서, 그리고 어느 요일은 본관과 재활병원에서' 하는 식으로 돌아가며 찬양 봉사를 하고 있습니다. 어떤 팀은 대학생들로 구성되었는가 하면 은퇴 장로님들이 다수 포함된 '장로성가단'도 있어 봉사하는 분들의 연령대도 참 다양합니다. 일찍이 1960년부터 찬양 봉사를 해온 '이브닝 콰이어'와 1961년에 시작된 '빛과 사랑의 모임'도 있습니다. 세브란스의 교직원으로 구성된 '등대회', 의대 · 치대 · 간호대 학생들로 이루어진 '이브닝 콰이어'와 '데누콰이어', 그리고 각 교

회 및 찬양선교 단체로 구성된 팀들도 있습니다.

　찬양 봉사팀 중 하나인 '밀알찬양단'은 1987년 미국 뉴욕에서 음악을 전공하는 유학생들의 모임으로 시작되었습니다. 단원들이

한국을 비롯한 해외 곳곳에서 활
동을 하게 되면서 자연스럽게 뉴
욕밀알찬양단, 서울밀알찬양단처
럼 그 지역명을 딴 밀알찬양단이
생기게 되었습니다. 그래서 현재
는 11개국 22개 지회가 조직되었
고, '월드밀알찬양단'이라는 이름하에 거의 매년 여름에는 선교찬양
집회 및 수련회를 갖고, 가을에는 뉴욕 카네기홀에서 찬양콘서트를
개최합니다. 지난여름에도 지구촌 곳곳에 흩어진 찬양팀이 한국을
방문해 교회와 방송국, 고아원, 교도소 등 곳곳을 방문하며 찬양을
통해 하나님의 사랑을 전하였고, 마지막 날에는 200여 명의 월드밀
알찬양단 단원들이 세브란스병원 대강당에서 창립 30주년 콘서트
를 가진 바 있습니다.

이 중 '서울밀알찬양단'에서 활동하고 있는 서준호 군의 이야기를
소개하고자 합니다.

2000년대 초반, 대학교 1학년이던 서준호 군은 큰 교통사고를 당
했습니다. 사고가 났던 곳 근처의 지방 병원에서는 서 군에게 목 아
래로는 평생 움직일 수 없는 상태로 살아야 할 것이라고 진단하였습
니다.

그렇게 절망적인 상황에서 부랴부랴 세브란스병원 중환자실에 오게 되었습니다. 음악대학에서 성악을 전공하는 대학생이 첫 여름 방학이 시작되자마자 엄청난 교통사고를 당했으니 얼마나 절망감이 크고 힘들었겠습니까? 머리는 다친 데가 없어 의식은 말짱한데 몸은 전혀 움직일 수 없으니 너무나도 괴로운 상황이었습니다.

그러나 서 군의 가족들은 절망하지만은 않았습니다. 부모님과 누나들은 서 군을 위해 간절히 기도했습니다. 서 군도 "하나님, 제가 다시 일어설 수만 있다면 하나님을 찬양하고 싶습니다"라고 간절히 기도하였습니다. 저와 당시에 중환자실을 담당했던 김성애 전도사님도 수시로 방문해서 함께 기도했습니다. 서 군은 중환자실에서 하루 종일 설교 방송, 찬송 방송을 듣고 있었습니다. 그 당시에도 서울밀알찬양단은 매월 셋째 수요일 저녁, 세브란스 환자 수요저녁예배에서 특송을 하고 예배 후에는 병동 찬양을 하였는데, 서 군의 두 누나도 이 찬양팀 소속이었습니다. 그래서 서울밀알찬양팀원들도 서 군을 위해 늘 간절히 기도하였습니다.

서울밀알찬양단에 속한 누나들과 단원들의 간절한 기도 가운데, 서준호 군은 자신이 일어설 수만 있다면 뉴욕 카네기홀에서 월드밀알 단원들과 함께 하나님을 찬양하고 싶다는 소망을 갖게 되었습니다. 당시 세브란스 재활병원장이었던 박창일 교수님을 비롯한 의료진들도 최고의 의술과 더불어 최선을 다했습니다. 지방 병원에서 목 아래로는 움직일 수 없다는 진단을 받고 세브란스병원 중환자실에 입원한 지 두 달 만에 서 군은 휠체어를 타고 재활병원으로 옮기게 되었습니다. 허리까지 감각이 돌아온 것이지요. 그리고 다시 두 달 만에 서군은 목발을 짚고 스스로 걸을 수 있게 되었습니다.

퇴원과 동시에 서 군은 누나들과 함께 뉴욕행 비행기를 탔습니다. 다시 일어설 수만 있다면 밀알찬양단과 함께 뉴욕 카네기홀에서 하나님을 찬양하겠다는 서원을 지키기 위해서였습니다. 그 후로 서 군은 점차 회복되어 거의 티가 나지 않을 정도로 자연스럽게 걷게 되었고, 서울밀알찬양단의 일원이 되어 세브란스병원 환자예배의 특송과 병동 찬양을 담당할 수 있었습니다. 그리고 대학을 졸업한 지금은 하나님을 찬양하는 성악가가 되겠다는 비전을 품고 유학 생활을 하고 있습니다.

이처럼 세브란스병원 찬양 봉사팀에는 병상에서 회복되어 하나님을 찬양하기 위해 합류한 분들을 여럿 볼 수 있습니다. 병동에서 들려오는 찬양 소리에 감동을 받고 신앙이 회복되어 찬양 봉사를 하시는 분들도 계시고, 어린 자녀의 고통을 함께 아파하고 소망을 나누던 분들로 구성된 찬양팀도 있습니다. 그리고 때로는 가족을 잃은 아픔이 있음에도 불구하고 자신의 아픔을 뛰어넘어 위로의 찬양을 부르는 분들도 있습니다.

　병상의 힘들고 어려운 환자와 보호자들이 병동 찬양을 통해, 세브란스병원에 울려 퍼지는 찬송을 통해, 곳곳에 붙어 있는 성경구절을 통해, 원목실 목회자들의 기도를 통해, 의료진의 정성을 다한 치료의 손길을 통해, 하나님의 사랑을 체험하고 소망 가운데 이겨낼 수 있기를 기도합니다.

두려워 말라
내가 너와 함께 함이라

내 손은
늘
따뜻해야 합니다

목사 윤지은

"아무개 님, 저는 병원 목사입니다."

수술 전 마취준비실에서 다소 상투적이지만, 최대한 부드럽게 말을 거는 내 목소리에 수술을 위해 마취준비실에 들어온 환자들은 종종 참았던 눈물을 왈칵 쏟곤 합니다. 처음에는 내가 무언가 잘못한 것만 같은 느낌이었습니다. 별다른 말을 하지도 않았는데 내가 환자를 부르기만 해도 환자들이 눈물을 흘려 적잖이 당황하기도 했습니다. 마취 준비를 위해서는 환자의 입 안에 이물질이 없이 말라 있어야 하고, 또 안정을 취해야 하기 때문에 대화를 시작하기도 전에 울어버리는 환자를 보고는 의사 선생님 혹은 간호사 선생님이 "왜 우세요?"라며 옆에 서 있는 나를 곱지 않은 시선으로 쳐다보는 경우도 더러 있습니다. 내가 마치 환자를 울려버리기라도 한 것처럼 말입니다.

수술실에서 만나는 환자들은 다양한 질병과 사고로 수술을 앞둔 사람들입니다. 수술을 처음 받는 환자도 있고, 이 모든 수술 절차가 정기적인 일상이 되어버린 환자도 있습니다. 그들이 수술실에 도달하기까지의 삶의 이야기도 다양할 수밖에 없습니다. 암으로 투병 중인 남편을 두고 수술 받으러 들어온 아내, 딸에게 신장 이식을 받으러 들어온 아버지, 아기를 유산하여 수술하러 온 엄마, 결혼을 일주일 앞두고 수술을 받으러 온 신랑 등 그 다양한 사연들은 의학적으로 수술의 경중과 상관없이 모든 생명의 가치와 삶의 무게를 실감나게 전달해줍니다.

저마다의 구구절절한 사연이 수술실의 긴장된 공기와 맞닿아 환자들의 긴장된 입술, 떨리는 몸, 차가워진 손으로 표현됩니다. 수술하러 들어온 환자답지 않게 환하게 웃고는 있는데 대답하는 말소리는 가늘게 떨리는 환자, 들어오는 순간부터 퉁퉁 부은 눈으로 눈물을 쏟고 있는 환자, 눈도 뜨지 못하고 입술을 다문 채 병상에 누워 있는 환자…. 이들을 돌보는 것이 수술실에서 기도사역을 하고 있는

두려워 말라
내가 너와 함께 함이라

목회자의 역할입니다.

처음 병원 사역을 시작할 때는 환자의 긴장된 몸과 마음을 안정시키고 위로할 수 있는 '기가 막힌' 기도문을 준비하는 것이 병원 목회자가 할 수 있는 전문적인 역할이라고 생각했습니다. 위기의 상황에서 어떤 질문과 어떤 위로의 말들이 수술을 앞둔 환자들에게 즉각적이고도 효과적인 도움이 될 수 있을지 고민했습니다. 그렇게 많은 시행착오와 여전히 계속되는 고민 속에 병원 목회자로서 어느덧 6년이라는 시간이 흘렀습니다. 그리고 이제까지 공부하여 머리로만 알고 있었던 이론들을 현장에서 온몸으로 부딪히며 경험해오면서 나름의 결론이 생겼습니다.

병원에서 목회자로 일한다는 것은 '행동하는 것'보다는 '존재하는 것'에 더 큰 의미가 있습니다. 병원에서 질병을 치료하고, 상처를 처치하는 '행동'은 여러 의료진들의 몫입니다. 물을 가져다주거나 다리를 주물러주거나 약을 먹여주는 '행동' 역시 간병인들과 보호자들의 몫입니다. 물론 목회자로서 환자의 필요에 '행동'으로 반응해야 하는 때가 있습니다. 눈물을 흘리는 환자에게 티슈를 전달하기도 하고, 추워하는 환자에게 담요를 가져다주기도 합니다. 수술실 앞에서 사랑하는 가족의 수술이 무사히 끝나길 기다리는 보호자들에게 따뜻

한 차 한 잔을 대접할 수도 있어야 합니다. 그러나 대부분 병원에서 환자에게 필요한 '행동'은 목회자가 아닌 그 분야의 전문가들이 충분히 제공하고 있습니다. 의사들이 있고, 사회사업가들이 있고, 심리치료 선생님들도 있습니다. 그렇다면 병원에서 목회자로서 환자들을 돌본다고 하는 것은 무엇을 의미하는 것일까요? 목회자로서 환자의 곁에 '존재하는 것'이란 무엇일까요?

병원은 생명을 다루는 곳이기에 늘 분주하고, 긴장되고, 무거운 분위기의 장소입니다. 의료진과 환자를 돌보는 이들의 긴박하고 신중한 많은 행동들이 끊임없이 이어져야만 하는 공간입니다. 이러한 병원의 환경 가운데 '행동하는 사람들'이 가장 두려워하고, 가장 어려워하는 순간은 바로 특별한 행동 없이 '그저 존재해 주어야 하는 순간'입니다. 이러한 자리는 매우 어색하고 불편하기 때문에 이 순간을 피하고 싶은 것이 본능적인 것인지도 모릅니다. 그런데 병원의 목회자는 그렇게 많은 사람들이 두려워하고 불편해 하는, 그렇지만 꼭 필요한 '존재해 주어야 하는 순간, 존재해 주어야 하는 장소'에 묵묵히 존재해야 하는 사람인 것입니다.

두려워 말라
내가 너와 함께 함이라

미국에서 CPE(Clinical Pastoral Education) 레지던트 과정을 거치면서 가장 어려웠던 순간이 바로, '존재해 주어야 하는 순간, 존재해 주어야 하는 장소'에 존재하는 것이었습니다. 어떤 때에는 존재하는 것이 쓸데없어 보이기도 합니다. 이 순간은 대개 '행동하는 사람들'이 행동해야 할 것, 혹은 행동할 수 있는 것이 없는 순간이기 때문입니다. 바로 의학적인 노력이 소용없는 순간입니다. 어떠한 의학적 행위도 의미가 없을 때입니다.

미국 병원에서 일할 때, 한 미국 백인 남성 환자를 방문해 달라는 의료진의 요청이 있었습니다. 동양인 여성에 영어도 서툰 채플린(병원 목회자)에게 미국 백인 남성 환자를 방문하라는 이 특별하고도 이상한 요청에 담긴 사연은 담당 간호사에게서 들을 수 있었습니다. 이 남성은 40대 초반에 이제 막 새 직장으로 자리를 옮겼고, 한국 여성과 결혼하여 딸을 얻은 지 이제 막 한 달 된 행복한 가장이었습니다. 그런데 바로 한 주 전에 갑자기 췌장암 진단을 받고, 의학적으로 앞으로 3개월 정도의 삶밖에는 기대할 수 없다는 선고를 받은 것입니다. 의학적으로는 그를 도울 어떤 방법도 없는 것 같이 보이는 상황이었습니다. '행동하는 사람들'은 행동할 것이 없으니 그 방에 출입하는 것이 여간 불편한 것이 아니었나 봅니다.

동양인 여성 채플린은 단지 한국인이라는 이유만으로, 그리고 채플린이라는 이유로 그 자리에 존재해야만 했습니다. 사랑하는 가족에 관련된 가벼운 대화와 일상의 안부만으로도 그 환자는 그 두렵고 어려운 시간을 조금은 부드럽게 넘길 수 있는 것 같았습니다. 질병의 고통과 죽음의 두려움을 의학이 전부 감당하지 못하는 그 순간, 병원의 목회자는 존재해야 할 이유와 목적이 있는 것입니다. 하나님이 함께하신다는 것, 죽음의 공포나 질병의 고통이 그들을 하나님의 사랑으로부터 끊어내는 것이 아니라는 사실을 알려주고 느낄 수 있도록 존재해야 합니다. '행동하는 사람들'이 어색해하고 소망이 없다고 여기는 그 자리에 인간이 줄 수 없는 소망과 평안을 함께 경험하도록 '있어주는 사람'으로 말입니다. 늘 서툰 영어 때문에 채플린으로서 부족함을 느끼는 나에게 슈퍼바이저 채플린이 칠판에 어떤 간호사가 해준 말이라며 써놓은 글은 지금까지도 병원에서 일하는 나에게 병원 목회자가 어떤 존재가 되어야 할지 늘 상기시키곤 합니다.

Quote of the Day:

"To touch someone to comfort them – you don't need English(or Spanish)." – Sue, RN

두려워 말라
내가 너와 함께 함이라

오늘의 명언:

"누군가를 위로하기 위해 그의 손을 잡는 데에는 영어(혹은 스페인어)가 필요 없다." – Sue 간호사

몇 해 전 병상에서 만나 이야기도 나누고, 기도도 함께 했던 스무 살 근육병 환자가 있었습니다. 농담도 잘하고, 씩씩하고, 어머니의 마음까지 헤아릴 줄 아는 배려심 깊은 청년이었는데 두 달 남짓 병상 생활을 하다가 결국 하나님 품으로 돌아갔습니다. 코드 블루 이후 일인실로 옮겨져 숨을 거둔 환자의 사망 선고를 하기 위해 의사 선생님이 들어왔습니다. 의사 선생님은 환자의 어머니에게 사망 선고와 짧은 위로의 말을 건넨 후, 병원 목사인 나를 보고는 이렇게 이야기하며 자리를 떠났습니다. "목사님께서 잘 위로해 주시기 바랍니다." 울음소리만 가득한 그 병실, 그 자리가 병원 목회자의 자리입니다. 위로할 수 있는 말도, 어떤 행동도 없습니다. 가만히 울고 있는 어머니의 손을 잡습니다. 그리고 함께 울며 그 자리를 지키는 것밖에는 내가 할 수 있는 어떤 말이나 행동이 없음을 느끼는 순간입니다.

즐거워하는 자들과 함께 즐거워하고 우는 자들과 함께 울라(롬 12:15).

오늘도 수술실에 환자들을 위해 기도하러 들어가는 길에 오늘 만날 환자들을 위해 기도하며, 그 긴장되고 불안한 순간을 함께할 나 자신을 위해서 잠시 기도합니다. 심호흡을 합니다. 그리고 제 두 손의 온도를 점검합니다. 작고 볼품없는 손이지만 두려워 떨며 우는 자들에게 내밀 손이기 때문입니다. 그들의 차가워진 손을 잡아줄 손이며, 침대 위에서 홀로 두려움에 떨고 있는 환자와 함께할 손이기 때문입니다. 그래서 내 손은 늘 따뜻해야 합니다. 기도하기 전 특별히 긴장하며 떨고 있는 환자에게는 이렇게 묻습니다.

"제가 잠깐 손을 잡고 기도해도 될까요?"

반가운 듯, 기다렸다는 듯 환자들은 그들의 차갑고 떨리는 손을 내밀곤 합니다. 내 손이 환자들의 두려움과 불안 속에 함께 계시는 하나님의 온기를 전하게 되는 순간입니다. 비록 매우 짧은 순간이지만, 나는 그들의 차가워진 손, 떨고 있는 손이 내 손과 포개질 때 그곳에 성령 하나님의 임재하심이 경험되길 기도합니다. 그리고 어떤 의료적 행동도 줄 수 없는, 어떠한 위로의 말과 기도의 미사여구도 채울 수 없는 평안이 이 손을 통해 전달되기를 바라며, 나는 오늘도 병실로, 또 수술실로 들어가 우는 자들과 함께하는 존재, 병원 목회자가 되어 갑니다.

예수께서 손을 내밀어 그에게 대시며 이르시되 내가 원하노니 깨끗함을 받으라 하시니 즉시 그의 나병이 깨끗하여진지라(마 8:3).

내가
몽땅
고쳐 줄 거야

~~~~~~

목사 이재현

"재현아, 아프리카 사람들은 너무 아파서 병원에 가고 싶어도 병원에 한 번도 못 가 보고 죽는 사람들이 많대."

"왜?"

"가난해서 병원도 없고 의사 선생님도 없대."

"왜?"

"돈이 없으면 의사 선생님 되는 공부도 할 수 없고 병원도 세울 수 없으니까."

흔들리는 이 뽑는 것이 무서워 치과에 가지 않겠다며 떼를 쓰는

두려워 말라
내가 너와 함께 함이라

나를 달래다 지치신 어머니가 무심히 던지신 이 말이 나의 가슴을 '쿵' 하고 쳤습니다. 한 시간째 징징대던 나는 마른 울음을 멈추고 이렇게 말했습니다.

"그럼, 나는 치과 의사가 돼서 이가 아픈 아프리카 사람들을 몽땅 고쳐줄 거야!"

다른 사람은 몽땅 고쳐주겠다고 호기롭게 말했지만 정작 자신의 치과 치료는 무서웠던 일곱 살 여자아이의 고집은 꺾이지 않았고, 어머니는 그날 병원에 가는 것을 포기하셨습니다. 결국 이 뽑는 것은 퇴근하신 아버지의 몫이 되었습니다. 아버지가 이를 만지려 할 때마다 아이는 자지러지게 울어대며 응석을 부립니다. 이런 아이를 달래며 아버지는 이가 얼마나 흔들거리는지 보기만 하자고 하셨습니다. 딸을 안고 이를 만지작거리시던 아버지는 "재현아, 저기 거미가 있다!" 하면서 갑자기 소리를 지릅니다. 그리고 딸아이의 시선이 천장으로 향하는 것과 동시에 손바닥으로 딸아이 이마를 때렸습니다. 멍한 순간도 잠시, 며칠을 괴롭히던 제 첫 이는 아버지 손에 있었습니다. 그리고 그날 밤 그 이는 지붕으로 던져졌습니다.

대학원을 졸업하고 계획했던 유학을 접고서 남편을 따라 시골에서 단독 목회 6년, 서울 교회에서 부목사 아내로 6년을 목회하다 뒤늦게 감리교 수련목회자 과정을 밟게 되었습니다. 감리교에서는 대학원 과정을 마친 사람들에게만 단독 목회 3년이나 수련목회자 3년 과정을 밟을 수 있는 자격을 줍니다. 매년 시험을 보는 과정을 통과해서 진급을 해 자격이 되어도 단독 목회나 기관 목회를 할 수 있는 곳이 정해져야 목사 안수를 받을 수 있습니다.

나 역시 수련목회자 과정을 마치고 목사 안수와 목회지를 위해 기도하다가 감리교 홈페이지에 올라온 연세의료원 원목실 사역자 모집 공고를 보게 되었습니다. 그런데 그 내용을 읽던 중 갑자기 어렸을 적 어머니 이야기를 듣다 가슴이 '쿵' 하고 두근거렸던 것처럼 가슴이 '쿵쿵' 거리기 시작했습니다. 일하는 조건이 좋은 것도 집에서 가까운 것도 아니지만 왠지 그곳에 가서 일을 하면 좋겠다는 생각이 들었습니다. 병원 목회는 생각해본 적도 없던 나에게 이상한 일이었습니다.

최종 면접을 보면서 면접관 중 한 분이 "자기소개서에 보니까 공고를 보고 가슴이 쿵쿵 뛰었다고 했는데 왜 그랬지요?"라는 질문을 하셨습니다. 생각하지도 못했던 질문이라 당황스러운 내 머리 속과는 달리 내 입술은 이미 그 질문에 대한 답을 하고 있었습니다.

"어렸을 적 꿈이 의료선교사였는데 까맣게 잊고 살았습니다. 음악을 하고 목회를 하는 것이 사람의 영혼을 만지고 치유하는 일이라는 생각은 항상 하고 있었습니다. 그런데 이곳에서 목회자를 구한다는 공고를 보고 사람의 몸을 고치는 의사들의 일과 목회자의 일이 같다는 생각을 한 것 같습니다. 이 둘의 실제적인 모습이 병원 목회에 있는 것 같습니다. 그래서 나의 가슴도 뛰었던 것 같습니다."

내가 무슨 대답을 했는지도, 잘 말한 것인지도 모르겠지만 그저 내가 쓴 글을 자세히 읽고 질문해준 면접관에게 고마움을 느꼈고, 한편으로는 질문에 대한 답을 무리 없이 한 것 같아 뿌듯한 마음으로 면접을 마치고 나왔습니다.

당시 살고 있던 강화에서부터 면접을 보는 장소가 있었던 신촌 세브란스병원까지는 차로 두 시간이 넘는 거리라 마음 편히 자주 올 수 있는 곳이 아니었습니다. 면접을 핑계로 오랜만에 도시 구경도 하고 교목실장실 구경도 했으니 새롭고 좋은 경험이었다고 여기면서 집으로 가는 버스를 탔습니다. 그런데 버스 안에서 면접 때 내가 질문에 답했던 말들이 선명하게 떠올랐습니다. 그리고 그때부터 가슴 깊은 곳에서 '쿵쿵' 하는 울림이 생겼습니다. 울림은 눈물로 울음으로 이어져 집으로 돌아가는 내내 잦아들지 않았습니다.

'그랬구나, 나에게 그런 꿈이 있었구나. 다른 사람의 아픔을 같이 공감해주고 싶고 그들을 돕고 싶었던 마음이 어린 꼬마였을 적에도 있었구나. 사람들의 몸을 고치고 돌보는 의사가 있다면, 나는 사람들의 영혼을 돌보고 아픔을 같이하는 목회자구나. 나는 이런 일을 위해 태어난 사람이구나. 이곳에서 꼭 일을 할 수 있으면 좋겠다⋯' 이전에 머릿속으로만 이해되던 일들이 몸으로 가슴으로 이해되었습니다.

나는 면접 때 소망했던 세브란스병원에서 2014년 11월부터 일하고 있습니다. 처음 2년 동안에는 본원 18, 19층의 210개 병상을 맡아 사역을 했습니다. 그곳은 간, 담, 췌, 위와 대장 등 소화기쪽 난치성 질병(베체트, 크론)이나 암에 걸린 환자들이 주로 있는 곳입니다. 수술환자도 많지만 반복적 항암치료나 암이 전이 된 것에 관련된 치료와 시술들을 주로 하는 환자들이 있는 곳이라 장기 입원이나 입, 퇴원 반복이 많고 병원에서 돌아가시는 분들도 많습니다. 베체트 질환으로 15년째 장을 4번 잘라내는 수술을 하며 입퇴원을 반복하신 환우도 만났고, 재발과 전이로 항암치료를 62회나 받으신 분을 만난 적도 있습니다.

두려워 말라
내가 너와 함께 함이라

처음 만났을 때는 '어린, 여자, 목사'에게 대답조차 하지 않던 분들이 시간이 지나면서 먼저 인사해주시고 반가워해주실 때 참 행복합니다. 어떤 5인실에서는 내가 병실에 들어서는 순간, "목사님 오셨다"라는 한 분의 말씀에 다섯 분 모두 침대 커튼을 걷어 놓고 기도받을 준비를 하셨습니다. 환자가 외부로부터 자신들의 모습을 감출 수 있고 보호받을 수 있는 유일한 수단인 커튼을 걷고 마음으로 목회자를 환영해주는 것을 느끼는 순간, 너무 좋아 웃으며 함께 병실 부흥회를 하자고 했던 기억이 납니다.

담도나 췌장암은 생존예측 기간이 길지 않아 본원에 있던 2년 동안 70여 분 환우들의 임종과 장례에 함께했습니다. 돌아가시기 직전에 어느 누구에게도 할 수 없었던 이야기를 목회자인 나에게 나누어 주시고, 교회에서 힘들었던 일들과 자신의 삶을 나누어 줄 수 있는 대상이 되었다는 것은 나에게 영광이었습니다. 돌아가신 분들의 얼굴을 가족처럼 쓰다듬을 수 있고 가족들과 마지막 작별의 시간을 안내하는 자리에 있을 수 있는 것은 목회자의 고통이자 특권입니다. 그리고 그분들을 보면서 나도 죽음이라는 것을 내 삶의 부분으로 자연스럽게 받아들이고 준비하게 되었습니다.

2016년 12월부터는 재활병원 원목실로 발령을 받아 41, 71병동 2개 층 100개의 병상 환우들과 직원들을 섬기고 있습니다. 재활병원은 걸음도, 움직임도, 말도, 심지어 병원 엘리베이터조차도 느리게 움직입니다. 그래서 그런지 환우들 삶의 무게가 2배는 더 무겁고 힘들게 느껴집니다. 본원에서 만났던 환우들이 죽음과 싸우는 사람들이라면 재활병원에 있는 환우들은 끝나지 않을 절망과 싸우는 사람들입니다.

41병동은 뇌 쪽 이상이나 유전자 문제, 조숙아로 태어나 발달이 늦고 장애가 생긴 어린이들이 재활 치료를 받는 곳입니다. 건강한 어린이들과는 달리 음식물을 삼키는 것도 훈련을 해야 하고 배변하고 걷고 말하는 모든 것이 기적으로 여겨지는 이곳 친구들은 교회에서 어린이 사역을 오랫동안 해왔던 나에게는 남다른 의미를 줍니다. 그리고 이제 아이들의 엄마가 동생이나 친구 또래라는 것이 환자들을 친근하게 연결시켜주는 좋은 연결고리가 되고 있어 감사합니다.

71병동은 뇌 손상으로 편마비 증세와 언어곤란 증세를 겪고 있는데 의사소통이 불가능한 분들이 다수라 보호자들이 답답해하는 경우가 많습니다. 낮 시간에는 재활치료를 받는 환자들이 대부분이기 때문에 침대가 비어 있습니다. 그래서 주로 점심이나 저녁 식사 무렵에 방문해 환우들과 보호자들을 만나 이야기를 들어주고 함께 기도합니다.

환우 심방, 상담과 함께 나의 주된 업무 중 하나는 환우 기도회 인도입니다. 매일 11시에 있는 재활병원 기도회는 재활치료 시간으로 인해 많은 수가 모일 수는 없지만 환자들이 말씀으로 힘을 얻고 삶을 나누는 교제의 장이 되고 있습니다. 휠체어와 링거가 끼어있는 아이비가 움직이기 쉽도록 기도실 문은 항상 열려있고, 한 달 정도 입원 기간 동안 친해진 환우들은 자신들의 아픔과 기도제목을 나누면서 가족과 같은 관계를 만듭니다.

어떤 날은 환우들이 한 분도 오시지 않아 혼자서 찬송을 10곡쯤 부르는 것으로 기도회를 대신할 때도 있고, 어떤 날에는 한 분과 기도회를 마쳤는데 다른 환우 한 분이 또 오셔서 기도회를 다시 시작하고 또 다른 환우가 오시고 하는 통에 똑같은 말씀을 세 번 전한 적도 있습니다. 요즘은 재활치료를 위해 입, 퇴원을 반복해서 얼굴이 익숙해진 환우들이 외래치료를 위해 병원에 올 때마다 기도회에도 참석해 소식도 나누고 기도제목을 나눕니다.

사실 병원 목회를 시작하게 된 것은 앞에서 말한 것처럼 목사 안수를 받기 위해서였습니다. 그런데 지금 돌아보면 병원 사역은 지금의 내가 가장 잘 할 수 있는 일이고 나에게 가장 적당한 곳을 하나님께서 허락하셨다고 믿습니다. 일곱 살 어린아이의 "내가 몽땅 고쳐줄 거야!"라는 호기에 찬 말이 실현될 수 없다는 것은 이미 알고 있었습니다. 상상도 못하는 고난을 당하는 사람들을 볼 때마다 나에게는 도울 힘이 없다는 사실에 절망합니다. 그렇기 때문에 오늘도 나는 하나님의 도우심을 구할 수밖에 없습니다. 하나님께서 원하실 때 어느 때나 사용하실 수 있도록 내 삶을 정성껏 살겠다고, 찾아오는 환우들도 정성껏 살피겠다고 결심하고 사는 것만이 내가 할 수 있는 일입니다. 앞으로도 이곳에서 일하는 동안 하나님의 시선과 마음이 그리고 눈길이 있는 곳에 나의 시선과 마음과 눈길을 함께 두고, 하나님을 대신해 손발을 움직이는 도구로 사용해 주시기를 기도합니다.

두려워 말라
내가 너와 함께 함이라

암 환자가
병원 목회자 되다

전도사 오경숙

나는 2003년 유방암의 위기 속에서 하나님의 은혜로 전인 치유를 받았습니다. 그리고 소명에 따라 상처 입은 치유자의 모형이신 예수님의 제자가 되어 내가 치료를 받았던 세브란스병원에서 환자 목회를 담당하고 있습니다. 환우들과 함께하면서 참 치유자요, 참 위로자이신 하나님께서 그들의 눈물을 닦아 주실 때, 나는 손수건과 같이 도구적인 존재임을 느낍니다. 암 환자로 누워 있던 나는 하나님의 은혜로 병원 목회자가 되었습니다.

각자 다른 사연을 안고 있는 환우들과 목회상담을 하면서 나는 고

난의 필연성을 발견하였습니다. 인간은 근본적으로 창조주 하나님께 지음받았고 유한적인 삶을 사는 존재이기 때문에 어떠한 형태로든 고난 앞에 자유로울 자가 없습니다. 예수 그리스도를 통해 하나님의 자녀가 되고 영생을 얻었다 하더라도 말입니다. 그러므로 인생의 여정 속에서 질병이라는 고난이 닥쳐왔을 때 왜 나만 겪는 고난이냐고 묻거나 원망하기보다는 고난이 전제된 인생임을 인정하고 고백하면서, 상대적으로 완전하시고 영원하시며 사랑과 능력의 근원이신 하나님을 의지해야 합니다. 그 가운데 치료에 전념하면서 하나님과 친밀해지고 예수 그리스도를 통한 구원의 감격이 더욱 확연해지는 영적 변화를 경험하고, 시편 기자와 같이 고난당한 것이 내게 유익이고 기회임을 고백하는 것이 진정한 복이고 승리라고 믿습니다.

참 위로자는 주님이십니다. 따라서 환자 목회는 우는 자들과 함께 울고 계신 주님의 마음을 헤아려서 주님의 마음을 본받아 주님 닮은 사랑으로 환자를 대하고 공감하는 것에서 출발해야 합니다. 따라서

두려워 말라
내가 너와 함께 함이라

나는 병원 목회자로서 진실한 마음과 신앙, 인격을 갖춘 전인적인 하나님의 사람을 추구하며 늘 하나님과 말씀 앞에 자신을 성찰하기 위해 거룩한 고민을 하게 됩니다.

대부분의 환자들은 질병의 충격 속에서 자신의 삶을 점검하게 됩니다. 이때 그들은 병원 목회자들과의 상담을 통해 자신의 삶을 진솔하게 고백하는 과정에서 신앙을 회복하려는 다짐을 보이는 경우가 많습니다. 또한 비기독교인 환자들도 기독교 신앙에 대한 높은 관심을 보입니다. 환자들을 종교적인 차별 없이 공평하게 대하는 것은 매우 중요하기에 병원 목회자인 나는 공평하신 하나님을 강조하며 그렇게 대하려고 노력합니다. 아무리 좋은 마음으로 다가간다 할지라도 병원 목회자가 고통 속에 있는 환자들에게 먼저 말을 건네기란 늘 조심스럽고 어려운 일입니다. 그럼에도 나는 성령님께서 주시는 믿음의 담대함과 암 병력자로서 동병상련의 공감대가 있기에 환자 목회를 감당하고 있습니다. 질병에 대한 이해의 차원에서 볼 때, 질병의 원인은 다양하며 행위가 완전한 의인은 없으므로 다른 사람의 질병에 대해서 함부로 판단하지 말아야 합니다. 그러나 자신의 질병에 대해서는 그 원인이 무엇이든 간에 겸손히 회개하는 마음을 갖고 자기성찰의 기회로 삼는 것이 필요합니다.

수술실에서 수술대기 중인 환자들을 위해 기도를 담당할 때가 있습니다. 환자들이 두 눈을 감고, 혹은 눈물을 흘리면서 수술실에 들어오는 모습을 보면 예전의 내가 눈앞에 떠오르곤 합니다. 누구보다도 그들의 마음을 잘 알고 있기 때문에 내가 공감하는 마음을 품고 밝은 표정으로 위로의 말과 함께 다가가면 대부분의 환우들은 각자의 종교와 관계없이 긍정적인 반응을 보이면서 같이 기도에 동참하게 됩니다. 한 영혼을 천하보다 더 귀히 여기시는 하나님의 그 사랑이 그들에게 전해져서 새 힘을 얻고 고난의 과정을 잘 견디면서 전인 치유를 경험할 수 있기를 간절히 바랍니다.

　환자와 보호자들의 신앙 여부에 따라 고난에 대한 이해와 대처에 차이는 있으나 기본적으로 그들은 전인적인 고통을 겪고 있습니다. 나는 암 병력이 있는 병원 목회자로서 동병상련의 마음으로 공감하고 위로하며 용기를 주는 '체휼의 돌봄'을 추구하고 있습니다. 목회자 입장에서는 복음 전달이 중요하지만 환자들의 상황을 고려해 가며 상대방을 존중하면서 공감하고 위로하는 차원에서 조심스럽게 점진적으로 접근하는 것이 중요합니다. 즉, 병원 사역자의 전문성은 일반인들에게 전도하는 방식의 직접적인 복음 전도를 유보하면서 언어와 비언어적인 방법으로 사랑어린 영적 돌봄을 통해 그들의 마음을 감동시키면서 라포(Rapport)를 형성하여 자연스럽게 결신하도록 돕는 데서 나타납니다.

두려워 말라
내가 너와 함께 함이라

환자들의 통계를 보면 현재 교회에 다니지 않는 환자들도 유년 시절, 학생 시절 채플, 군대 시절 군인교회, 대학 시절 채플 동아리, 인간관계, 매스컴 등을 통해 살면서 한 번 정도는 복음을 접한 경우가 대부분입니다. 이미 복음을 들었기 때문에 병원 사역자가 일차적인 만남부터 직접 복음을 전하지 않더라도 따뜻한 돌봄을 통해 성령님의 역사로 자연스럽게 믿기로 결심하는 경우를 많이 보게 됩니다. 물론 환자와 보호자의 마음이 활짝 열려서 복음적인 요소들을 절실히 요청하는 경우에는 좀 더 구체적이고 적극적인 방법으로 복음을 전하기도 합니다.

누구나 그렇듯이 치료에 호전이 보이지 않을 때 환자와 보호자는 답답함과 싸웁니다. 그러다 지치기도 하고 고민에 빠지기도 하는데 이때 환자들은 예민해져서 통증에 대한 두려움, 위중한 경우엔 죽음에 대한 절박한 두려움을 느끼기까지 합니다. 이러한 상황에서 병원 목회자와 만나 성령의 역사로 복음을 받아들이고 안정을 찾는 경우가 많으므로 결신자는 늘 이어지고 있습니다.

영적 돌봄이 절대적으로 필요한 대상은 영적인 생명이 없으면서 질병으로 육체적인 생명까지 위협을 받고 있는 자들입니다. 그런데 이들은 출석하는 교회가 없다 보니 교회의 영적 도움을 받지 못하고 병원 목회자들의 영적 돌봄을 통한 성령의 역사로 결신자가 되기도

합니다. 따라서 예배와 상담 및 다양한 방법을 통해 하나님을 간절히 찾는 환자들에게는 영적인 도움을 주어야 할 것입니다. 또한 아직 신앙이 없는 환자들도 하나님의 사랑으로 새롭게 되어 고난이 기회가 되고 소망 가운데 고난의 터널을 잘 통과 할 수 있도록 병원 사역자가 전문성을 바탕으로 영적 돌봄을 잘 해줘야 합니다.

환자라는 같은 상황 속에서도 질병에 대한 이해와 대처하는 자세는 신앙 여부에 따라 차이가 있습니다. 신앙인들은 자기성찰을 통해 하나님과의 친밀감을 높이며 영적으로 새롭게 되면서 하나님의 은혜로 전인 치유를 받고 새 삶의 기회를 얻는 경우도 있고, 영적으로 새롭게 된 후 준비되어 사망하는 경우도 있습니다. 여기서 유의할 점은 하나님의 속성은 선이시고 사랑이시기 때문에 전자와 후자 모두 하나님의 사랑임을 균형 있게 인정해야 한다는 것입니다. 하나님의 은혜로 잘 치료 받고 고난이 기회가 되어서 다시 피어난 꽃처럼 새 삶을 사는 경우만을 하나님의 사랑으로 부각시킨다면, 영적으로 잘 준비 되어 하나님의 부름을 받은 자들을 향한 하나님의 사랑은 약하게 체감될 수 있기 때문입니다.

섬김의 본을 보여 주신 예수님의 제자로서 부르신 곳에서 변화를 주도하는 자로, 복음의 개혁자로, 복음의 전달자로 고난 속에 있는 자들의 이웃이 되어 즐거워하는 자들과 함께 즐거워하고 우는 자들과 함께 울면서 그들 안에 하나님 나라가 이루어지도록 하시기를 기도합니다. 끝으로 환자들과 함께하시는 주님의 임재와 긍휼 속에 나를 '상처 입은 치유자'로 쓰임 받게 하심을 하나님께 감사드리며 모든 영광을 올려드립니다.

병원 목회를 통해
내게 주신
하나님의 은혜

전도사 이애경

    1999년 9월 병원실습 전도사로 첫발을 내딛으며, 새내기 초등학생이 낯선 학교에 입학하듯이 설레고 두려운 마음으로 병원생활에 첫발을 들여 놓게 되었습니다. 이것이 신촌 세브란스병원과의 첫 인연이었습니다. 1년 동안의 실습과정을 은혜 가운데 마치고 원목실 자원봉사자로 열심히 섬기던 중에 2002년 8월 정식 파견교역자로 근무하게 되었고, 어느덧 17년이란 세월이 화살처럼 흘러가 버렸습니다.

    '그동안 나는 병원 사역에서 무엇을 하며, 어떻게 지내온 걸까?' 2017년 10월 현재, 병원 사역에 정성을 들여온 지난날의 발걸음을

두려워 말라
내가 너와 함께 함이라

뒤돌아봅니다. 그 오랜 세월동안 좀 더 이웃(여기서는 모든 환자, 보호자, 의료진 등 모든 분들을 이웃으로 표현하고자 합니다)에게 가까이 가서 그들을 그리스도의 사랑으로 잘 섬기고자 하는 생각으로 부족한 부분을 채우려고 여기저기 세미나와 교육기관을 쫓아다니며 배우고자 무던히도 애를 썼던 것 같습니다. 배운 것을 가지고 병원 사역에 잘 적용하고자 노력하면서 먼저는 '나'라는 존재를 잘 모르고 있음을 깨닫고 나 자신을 분석하면서 진짜 '나'에 대해 알아갔습니다.

하루라도 쉬는 날이면 교육을 받으러 찾아다니며 부족한 부분을 채우고자 끊임없이 배움의 자리를 찾았습니다. 남편은 그런 나에게 '세미나 중독' 증세라고 하더군요. 지금 생각해 보면 그 공부들이 큰 보탬이 되어서 현재의 사역에 많은 역할을 감당해 준 것이 사실입니다. 그때까지 나는 말씀을 제대로 모른 채 그리스도 안에 온전한 뿌리를 내리지 못해 인간적인 방법으로 광야의 길을 헤매었습니다. 이렇게 부족한 나를 주님께서 어여쁘게 보사 늘 나의 삶에 동참해 주시고 동행해 주셨습니다. 그저 감사, 또 감사할 뿐입니다. '나의 나 된 것은 주님의 은혜'라는 바울의 고백을 되새기며, 병원에서 만난 소중한 이웃들을 통해 배우고 깨달은 바를 간단하게나마 나열해 보면 다음과 같습니다.

경청, 공감, 지지, 위로, 권면, 기도 그리고 영성(하나님의 임재)

병원 목회 신출내기 때는 '어떻게 해야 믿지 않는 이웃들이 예수님을 믿고 구원받을 수 있을까?', '어떻게 하면 이러한 관심을 그들이 불편하게 받아들이지 않도록 잘 전달할 수 있을까?'에 모든 관심을 기울였습니다. 이는 병원 사역 초년생으로서 이웃을 향한 나의 모든 관심의 초점이자 전부였습니다. 병실에 누워 치료를 받는 힘든 과정을 겪는 이웃에게 그저 나의 좁은 신앙관과 사고의 틀 안에 갇혀, 소망은 오직 신앙의 힘에서 나오며 구원(천국)의 확신을 갖는 것이 중요함을 강조하며 무언의 힘으로 다가가려고 했습니다. 그 당시로서는 이러한 방법이 가장 귀하고 소중한 것이었습니다. 그러나 임상목회 교육을 집중적으로 받으면서 그동안 한 부분밖에 보지 못한 무지함을 깨닫게 되었고 먼저 '나'라고 하는 어리숙한 존재를 알기 위해 집중적으로 상담 공부를 하게 되었습니다.

공부하면서 이웃의 소리를 듣고 공감하고 지지하는 기술도 배우게 되었고 주변의 다양하고 이해하기 힘든 이웃들도 있는 그대로 받아들이며 마음의 폭을 넓혀갔습니다. 그렇게 배우며 현장에서 부딪히며 애쓰던 중에 또 다시 한계를 느끼게 되었습니다. 병원 목회에서의 내담자 중심의 상담이 가지고 있는 허점을 발견하게 된 것입니다. 마치 구멍 뚫린 장독처럼 무엇인가가 모이지 않고 어딘가에서 줄줄 흐르고 있는 것 같았습니다. 나름대로는 열심히 경청하고 공감하고 지지하지만 그 무엇으로도 채워지지 않는 빈 공간, 허탈함…. 뭔가가 부족하고 마음이 개운하지 않았습니다. 그래서 또다시 씨름을 하게 되었습니다. '뭐지? 무엇일까? 뭐가 부족한 것일까? 왜 답답하지?' 하면서 깊이 고민하며 갈급한 마음으로 문제를 찾고자 애를 써보았습니다.

그러던 어느 날 '영성'이란 귀한 보화를 발견하게 되었습니다. 영성프로그램을 통하여 말씀을 통해 나의 내면을 바라보고 묵상하게 되었으며, 예수님의 임재를 느끼며 그 안에서 진짜 나를 바라보게 되었습니다. 그러면서 예수님의 음성을 들으며 침묵하고 묵상하면서 나의 실체에 대해 하나둘 알아가게 되었고, 죄인 된 내 모습을 고백하며 끝없는 하나님의 사랑 안에 거하게 되었습니다. 그것이 불완전한 존재인 내가 낮아짐과 겸허함을 배우는 과정이며 평생 주님을 붙잡고 갈 수 밖에 없는 길임을 깨닫게 되었습니다. 그들의 신발 한 짝을 조심스레 신어보며 묵상하게 되었고, 그들 곁에서 맴돌고 있었던 마음을 그대로 모아 인정하고 받아드리며 나의 문제로 직면하게 되었습니다.

'안 좋은 생각을 하면 안 좋게 된다'는 잘못된 신념은 고통을 받아들여야 하는 순간 부정해버리고 피하게 만들었습니다. 어느 누구나 걸릴 수 있는 질병이나 고통의 문제들을 삶의 자연스러운 과정으로 받아들이며 그대로 나에게도 적용하여 조명해 봅니다. 그동안은 '하나님이 모든 재난과 질병을 피하게 해주시겠지' 하며 스스로를 위로하면서, 힘들고 무거운 짐들은 무시하고 흘려버렸지만 이제는 자연의 섭리를 그대로 받아들이며 예수님께서 연약한 이웃과 함께하셨던 것처럼 이웃의 옆에 서서 함께 걷는 법을 배워가고 있습니다. 그러면서 다시 정중하게 '나'에게 그동안 회피했던 질문들을 던져봅니다.

- (암) 진단 앞에 섰을 때
- 치료의 과정이 힘들고 고통스러울 때
- 힘든 치료과정을 겨우 마쳤는데 재발되었다고 할 때
- 재정적 문제와 가족들에게 짐이 된다고 느낄 때
- 마음의 상처와 영적인 문제로 갈급할 때
- 지독한 통증과 희망이 전혀 없을 때
- 사랑하는 가족의 품을 떠난다고 생각할 때
- 죽음 앞에 섰을 때

두려워 말라
내가 너와 함께 함이라

이 문제들을 어떻게 받아들이며 다스려 나갈까요?

"암입니다."

암이란 단어 하나에 가슴은 굳어버리고 피가 역류하며 하늘과 억장이 무너지는 것을 느낍니다. '암! 이웃들이 고통당하며 그토록 힘들게 치료 받았던 암! 이것이 나에게도 오다니 이제 어떻게 하지? 이길을 어떻게 걸어가야 하나? 검사 받는 것도 만만치 않고 치료의 과정도 어려울 텐데 치료하면 과연 완치할 수나 있을까? 수술과 항암치료, 지속적인 치료 등을 경제적으로 감당할 수 있을까? 그래도 내가 목회자인데 자존심이 상해서 어떻게 다른 사람들을 볼 수 있을까? 하나님은 왜 나에게 이런 질병을 주셨을까? 내가 뭘 잘못한 걸까? 사람들은 나를 어떻게 생각할까?' 수많은 생각들이 스쳐지나가며 숨고 싶고, 피하고 싶고, 인정할 수 없을 것 같았습니다. 사람들과의 관계, 물질적인 부분, 외모 관리, 무너지는 자존심, 신앙적인 문제 등 숱한 생각들이 스쳐지나가고 무서움과 두려움으로 잠을 못 이룰 것 같았습니다.

첫 번째 질문 앞에서도 솔직하지 못한 내가 과연 어떻게 이웃에게 다가가 위로한다며 가식적인 모습을 보일 수 있었을까요. 내 자신에게조차 이렇게 솔직하지 못하면서 무엇을 한다고 배우고 적용하고 공감한다고 건방을 떨면서 다녔을까요. 이러한 질문들을 내 자신이 먼저 진정으로 받아들이지 못하고 겉포장만 하면서 정신없이 바벨탑을 쌓았던 것을 알게 되었습니다. 정말 지기 싫은 무거운 짐을 무의식 속에서도 회피하며 살았던 부끄러운 모습을 발견하며 이제 주님 앞에 진솔하게 서 봅니다. 겉모습과 겉치장을 하나씩 벗어 버리고, 가장 큰 위기와 절망 앞에 선 강도 만난 이웃이 내가 되어서 솔직한 나의 내면의 소리를 내어봅니다.

"암입니다."

절망 앞에 몸부림치며 받아들이기를 거부하며 앞으로의 난제를 어떻게 풀어 가야하나 떨고 있는 가련한 내 모습을 바라봅니다.

"더 이상의 치료가 없습니다. 마음의 준비를 하셔야겠네요."

죽음을 받아들여야 하는 마지막 순간을 앞두고 사랑하는 가족들과 어떻게 이별할까요? 사랑하는 가족과 함께하지 못하는 미안한 마음, 염려, 아쉬움, 속상함, 억울함 등 하나 둘 솔직한 마음을 열어 통곡하며 마음을 토해 냅니다. 이웃의 신을 신어보기를 거부하고 외면할 때는 남의 일이었는데 그래서 그렇게 열심히 배우고 가까이 가려 해도 무엇인가 아쉽고 답답했는데 지금은 숙연해지며 마음에 절절함을 느끼게 됩니다. 이웃의 아픔을 내 아픔으로 받아들이며 죽음

두려워 말라
내가 너와 함께 함이라

을 생각하고 죽음을 준비하며 받아들이니, 나는 아무것도 할 수 없는 존재이며 강하신 그분만이 다 하시는 것임을 고백하게 됩니다. 한없는 하나님의 사랑, 십자가에서 흘리신 예수님의 피눈물, 부활하신 예수 그리스도의 완성이 조금씩 느껴지기 시작했습니다.

강도 만난 이웃에서 강도 만난 '내'가 되어 보니 조금씩 십자가의 사랑, 십자가의 은혜를 깨닫게 되었습니다. 그동안 주님의 음성을 듣는다 하면서도 듣고 싶은 것만 듣고 듣기 싫은 것은 마음속 깊은 구석으로 밀어 버렸던, 아니 듣는 것 자체가 싫어서 거부하고 회피하고 무관심했던 지난날의 겉포장을 벗어버리고 진실한 내면의 소리를 받아들이며 묵상하고 또 묵상하며, 주님이 이루시고 이끌어주심을 배워봅니다. 주님이 하시는 것임을 조금씩 느껴가는 것이야말로 힘이며, 용기며, 은혜임을 깨닫습니다. 그동안 어려운 일들이 생길 때 인내하지 못하고 조급하여 내가 일방적으로 해결할 때가 다반사였으나 이제는 나의 조급함과 무지를 인정하며 겸허히 주님의 음성을 듣는 법을 배워가고 있습니다.

열흘 전, 목감기로 지독한 몸살을 앓았습니다. 약을 먹어도 편도는 가라앉을 기미가 보이지 않고 계속해서 부어올랐고 기침은 창자를 끊는 듯 심하게 터져 나왔습니다. 전 같으면 '약 먹고 쉬면 낫겠

지. 왜 이렇게 안 낫는 거야, 정말 힘들어 아무것도 못 하겠네' 정도
에서 멈췄겠지만, 지금의 나는 아픔 속에서 하나님의 임재를 더 깊
이 느끼며 진실한 기도를 올려드리고, 내가 회개할 것들과 깨닫고
변해야 될 부분을 알아가며 더욱 하나님의 은혜를 사모하게 되었습
니다. 내 이웃의 아픔이 더 가깝게 다가왔습니다. 고작 열흘도 이토
록 버겁고 힘든데 몇 달씩, 몇 년씩 투병하는 이웃들의 고통소리가
정말 안타깝게 다가왔습니다. 더 이상 어찌할 수 없는 인간의 한계
를 경험한 이웃들의 모습이 귀하고 아름답기까지 했습니다.

　약할 때 강함 되시는 주님을 바라보면서 또 다시 약한 자들 곁에
서 묵묵히 함께 걸어주시는 예수님의 사랑을 느끼게 됩니다. 아파
하고 두려워하는 이웃들의 모습이 훨씬 가깝게 느껴짐은 그토록 떨
쳐내려 했던 근본 문제를 숙연하게 그대로 받아들이며 그들의 신을
신어보니 하나님의 깊은 사랑이 마음 깊이 밀려왔기 때문인 것 같
습니다.

하나님은 나를 병원으로 인도
하셔서 병원 목회의 귀한 사역을
맡겨주셨습니다. 그리고 주변의
소중한 이웃, 특히 강도 만난 이
웃으로 인해 나의 문제를 고민하

두려워 말라
내가 너와 함께 함이라

고 준비하게 하셨습니다. 주님을 진심으로 만날 수 있게 하셔서 내가 누구인지, 내가 그토록 갈구하고 갈망했던 것이 무엇인지, 내가 지금 무엇을 추구하고 있는지 묻게 하셨고, 본질이 아닌 것을 향하는 마음을 알아차리게 하시어 나의 솔직한 마음을 발견하게 하셨습니다.

'나의 나 된 것은 주님의 은혜'임을 매일 고백하며, 그동안 병원 목회의 자리에서 아파하는 이웃을 통해 깨닫게 하신 주님의 은혜에 감사와 찬양을 올려드립니다. 내가 아파해야 할 자리에 대신 아파하시는 소중한 이웃을 통해 기도하며, 이웃과 함께 하나님과 함께하는 귀한 삶을 배워가게 하시며, 이러한 삶을 통해 천국의 그림자를 밟고 준비시키시는 무한한 하나님의 사랑에 감사드립니다. 약한 나는 아무것도 할 수 없지만 강하신 그분이 하시기에 그분의 은혜를 매일 공급 받습니다. 더 깊은 곳에 가서 그물을 던지는 은혜를 소망하며 오늘도 병실로 발걸음을 옮겨봅니다.

약함의 은혜

목사 최준길

병실에서 만난 야곱

하루는 병실을 심방하다 고관절을 다치신 할머니를 만났습니다. 이 어르신은 신앙생활을 해오다 냉담해지신 분이었습니다. 할머니는 나에게 "지금까지 살아오면서 이렇게 아파본 것은 처음"이라며 통증을 호소하셨습니다. 얼굴 표정만으로도 얼마나 아픈지 공감이 될 정도였습니다. 이분과 대화를 하다가 나는 '성경에도 고관절을 다친 사람이 있다'는 말을 건네게 되었습니다.

"그래요? 누구죠?"

"야곱이잖아요!"

두려워 말라
내가 너와 함께 함이라

"아, 네, 그렇죠."

할머니는 잠시 생각을 하더니 맞장구를 치셨습니다. 나는 부연 설명을 해드렸습니다.

"야곱이 얍복강가에서 천사와 씨름하다가 천사가 고관절을 쳤잖아요."

나는 얍복강가에서 천사와 씨름하던 야곱을 상상해보았습니다. 그리고 할머니와의 만남을 통해 그동안 성경의 저자가 전달하려고 했던 것을 놓치고 있었다는 깨달음을 얻게 되었습니다. 바로 고관절을 다치게 되면 많이 아프다는 사실이었습니다. 예상하지 못한 깨달음을 얻은 것이 감사해서 나는 할머니께 고마움을 표현하였습니다.

"어르신은 야곱이 고관절을 다친 후 얼마나 아팠을지 잘 아시겠네요. 저는 어르신을 만나서 고관절을 다치면 정말 많이 아프다는 것을 알게 되었습니다."

하지만 성경의 저자가 말하고 싶었던 중요한 사실은 야곱이 바로 하나님의 축복을 받았다는 것임이 곧 떠올랐습니다. 이 사실은 너무 아파서 아무것도 할 수 없다고 느끼고 있는 어르신에게 들려주어야 할 성경의 메시지라는 확신이 생겼습니다. 나는 계속해서 대화를 이어나갔습니다.

"어르신, 야곱이 고관절을 다쳐서 많이 아파했지만 중요한 사실은 야곱이 하나님의 축복을 받았다는 것입니다. 어르신도 야곱처럼 하나님의 축복을 받을 기회가 있네요. 우리 함께 기도했으면 좋겠습니다."

"좋으신 하나님, 하나님께서 야곱의 고관절을 치셔서 약하고 힘없는 몸이 되었지만, 하나님께서 크게 축복해주신 것처럼 오늘 고관절을 다쳐 아무것도 할 수 없는 것처럼 느껴지시는 힘없는 어르신을 기억하시고 야곱에게 허락하신 축복을 더하여 주시옵소서. 고관절을 다친 것이 전화위복의 기회가 되도록 이끌어 주시옵소서. 오늘 만남을 허락하여 주신 하나님께 감사드리며 예수님의 이름으로 기도합니다. 아멘."

"어르신, 고관절을 다쳐 아무것도 할 수 없는 것 같지만 어르신이 할 수 있는 매우 가치 있는 일이 있어요. 바로 하나님께 기도하는 것입니다. 계속 기도하세요. 제가 정기적으로 방문해서 기도하시는 것도와드릴게요."

"네, 알겠습니다. 감사합니다."

나는 어르신을 위해 짧게 기도한 후 계속적으로 기도하도록 권면하며 다시 방문할 것을 약속하고 병실에서 나왔습니다.

하나님의 질문

병실 문을 나오는데 마치 누군가 제 옆에서 조용히 속삭이며 얘기하는 것만 같았습니다.

"최 목사, 고관절을 다치면 얼마나 아프다는 것을 알았지? 그런데 이상하지 않니? 고관절을 다친 사람이 누구와 씨름을 하게 된다면 상대방을 이길 수 있겠니? 이길 수 없지? 그런데, 천사는 야곱을 이길 수 없다고 했잖아? 천사는 야곱을 왜 이길 수 없다고 했는지 너는 알겠니?"

나는 평소 야곱의 이야기를 많이 읽어보아서 잘 알고 있었습니다. 형 에서를 만나기 전, 야곱은 형에게 복수를 당할까 봐 큰 두려움에 휩싸여 얍복강을 건너지 못하고 있었습니다. 그때 다가오는 한 사람과 야곱은 씨름을 하게 되었는데, 그 사람은 야곱의 허벅지 관절(환도뼈, 고관절)을 어긋나게 합니다. 나는 이 이야기를 읽을 때마다 야곱이 상대보다 조금 불리한 상황이었을 것이라고 이해했습니다. 그런데, 실제로 고관절을 다친 사람을 만나보니 야곱의 상태는 내가 생각했던 것보다도 훨씬 약해 있었을 것입니다. 그렇다면 정말 이상한 것이 있습니다. 야곱의 상대는 야곱의 허벅지 관절을 칠 만큼 강한 상대였던 것 같은데, 어찌 야곱을 이길 수 없다고 평가를 했을까요? 나는 병실 복도로 나와서 가지고 있던 성경책을 펴서 야곱의 이야기를 다시 읽어보았습니다. 창세기 32장 24절과 25절에는 이렇게 기록되어 있었습니다.

야곱은 홀로 남았더니 어떤 사람이 날이 새도록 야곱과 씨름하다가(24절) 자기가 야곱을 이기지 못함을 보고 그가 야곱의 허벅지 관절을 치매 야곱의 허벅지 관절이 그 사람과 씨름할 때에 어긋났더라(25절).

그날 일어난 사건에 대한 기록을 읽으면 읽을수록 이해할 수 없는 것들이 너무 많았습니다. 성경에 기록되지 않은 것에 대해서 알고 싶은 호기심이 발동하였기 때문입니다. 애석하게도 내가 알고 싶은 것들이 성경에 명확하게 기록되어 있지 않았습니다. 내가 알고 싶었던 것은 도대체 야곱이 어떻게 하나님의 사람을 이길 수 있는지에 대한 비결이었습니다. 그 비결을 알아내서 내가 만난 어르신에게 그 비결을 가르쳐 드리고 싶었습니다. 허벅지 관절이 어긋나면 저렇게 아파서 죽을 지경인데, 야곱이 고관절을 어긋나게 할 수 있는 하나님의 사람을 상대해서 어떻게 이기게 되었는지 알고 싶었습니다.

그런데 정말 제가 알고 싶었던 것은 이기는 비결이 아니라, 야곱이 하나님의 사람으로부터 축복을 받을 수 있었던 비결이었습니다. 이기고 지는 것이 중요한 것이 아니었습니다. 이기더라도 이익이 없다면 이긴다는 것이 큰 의미가 없습니다. 나의 관심을 끌었던 대목은 야곱이 하나님의 축복이라는 큰 이익을 얻었다는 점이었습니다. 내가 환자에게 가르쳐주고 싶었던 것도 이기는 방법이 아니라 축복을 받는 비결이었습니다.

이기는 비결에서 축복의 비결로 관심이 바뀌자 기록되지 않은 것에 대한 미련을 버리고 기록된 것에 주목하게 되었습니다. 분명 성경의 저자는 알려주고 싶어 하는 중요한 것을 기록해 놓았을 것입니다. 기록된 것을 차근차근 묵상해보았습니다.

1. 야곱이 만난 사람은 하나님의 사람이었다고 기록되어 있습니다(30절). 하나님의 사람은 하나님의 축복을 주실 수 있는 분입니다. 그분이 씨름을 걸어오신 것입니다.

2. 하나님의 사람은 야곱의 허벅지 관절을 쳤다고 기록되어 있습니다(25절). 허벅지 관절을 왜 쳤을까? 생각해보았습니다. 하나님의 사람은 야곱을 이길 수 없어서 야곱의 허벅지 관절을 쳤던 것 같습니다. 진짜 씨름이었다면 허벅지 관절을 치는 순간 하나님의 사람이 이기고 야곱은 졌을 텐데 나의 관심은 이기고 지는 것이 아니라 축복이기 때문에 이기고 지는 문제에 매달리고 싶지 않았습니다.

3. 야곱이 허벅지 관절을 다친 뒤에도 씨름을 계속하였다고 기록하고 있습니다(26절). 이 대목이 저의 관심을 끌었습니다. 이 씨름은 허벅지 관절을 다쳐도 계속할 수 있는 씨름이었나 봅니

다. 하나님의 사람과 겨루는 씨름은 아무리 약한 사람도 계속할 수 있는 씨름이라는 사실에 나는 큰 감동을 받았습니다. 환우들에게 질병으로 인해 아무리 몸이 약한 사람이라도 하나님의 사람과 씨름할 수 있다는 기쁜 소식을 전하고 싶었습니다. 하나님의 사람과 씨름을 하면 축복을 받을 수 있는 기회를 얻기 때문입니다.

4. 하나님의 사람은 씨름을 멈추고 떠나고자 했다고 기록되어 있습니다(26절). 그런데 야곱은 그를 놓아주지 않았습니다. 야곱은 하나님의 사람에게 축복을 요구했고, 하나님의 사람은 야곱을 축복해줄 수밖에 없었습니다. 나는 이 대목에서 축복받는 비결을 알게 되었습니다. 하나님의 사람에게 축복을 받는 비결은 포기하지 않고 하나님의 사람을 끝까지 붙들고 있는 것이었습니다. 포기하지 않고 축복을 구하면 반드시 하나님은 축복하실 것이라는 교훈을 얻었습니다.

5. 야곱이 허벅지 관절을 다쳐서 절었다고 기록되어 있습니다(31절). 포기하지 않고 하나님의 사람을 붙드는 것이 축복의 비결이라면 야곱이 허벅지 관절을 다친 것이 오히려 도움이 되었다는 생각을 해보았습니다. 허벅지 관절을 다친 후에 야곱은 어쩔 수 없이 하나님의 사람을 붙들 수밖에 없었을지도 모릅

니다. 다리가 건강할 때에는 형 에서를 피해 얼마든지 도망갈 수 있는 기회가 있었겠지만 크게 다친 후에는 오직 앞으로 전진하는 수밖에 없었을 것입니다. 약한 몸으로 누군가를 의지할 수밖에 없는 절박한 심정에서 하나님의 사람을 결코 놓아주지 않으려고 했을 것입니다. 나는 이 대목에서 병원에 입원한 환우들이 자신들의 약함으로 인해 하나님을 포기하지 않고 붙잡을 수 있다면 하나님의 축복을 받을 수 있다는 희망을 품게 되었습니다.

약함의 은혜

인간은 누구나 건너기 두려운 얍복강을 마주할 때가 있습니다. 강을 건너면 어떤 일이 벌어질지 전혀 몰라서 두렵고, 나를 기다리고 있는 절망스러운 일과 고통스러운 결과가 자꾸 떠올라 도저히 엄두를 내지 못하는 그런 강 말입니다. 특히 병원에는 얍복강을 마주한 분들이 너무나 많습니다. 환자들은 자신이 겪고 있는 질병의 고통이 너무 심해서 약한 자신의 모습에 실망하고 강 저편에 있는 내일에 대해 희망을 갖지 못합니다. 마치 인생이라는 경기에서 완전한 패배자가 된 것처럼 느끼시는 분들도 있었습니다. 내가 병실에서 만난 고관절을 다치신 어르신도 그런 분 중 하나였습니다. 너무 약해진

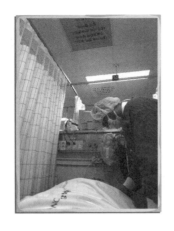

자신의 모습에 실망하고 아무 소망도 없는 것처럼 느끼시는 분이었습니다. 약함이 아무 짝에도 쓸모없어 보였는데, 하나님은 약함이 오히려 큰 유익이 될 수 있다고 가르쳐 주셨습니다.

하나님은 환우와의 만남 속에서 나에게 약함이 은혜라는 점을 가르쳐주셨습니다. 누구나 자신의 약함 때문에 누군가를 의지할 수밖에 없게 되어 이 세상 많은 것들 중에서 하나님께 의지하고 결코 포기하지 않는다면 하나님의 축복을 받게 되리라는 기대와 소망을 갖게 해 주셨습니다. 나는 오늘도 야곱이 받은 축복 이야기를 간직한 채 자신의 약함으로 인해 내일을 희망으로 바라볼 수 없는 인생의 얍복강 앞에 서 있을 환자들을 만나러 병실을 향합니다. 어느 누구나 오늘의 고비를 넘기고 내일을 맞이하기만 하면 예상 못했던 행복들이 기다리고 있다는 것을 전해주고 싶습니다.

두려워 말라
내가 너와 함께 함이라

동행 Diary

목사 최은경

　모든 인간은 사랑의 하나님께서 당신의 형상으로 만드셨기에 하나님으로부터 온 생명입니다. 그러므로 어느 누구든지 하나님의 사랑 안에서 살아가고 있고, 그 사랑을 힘입어 살아내야 할 소중한 존재들입니다.

　삶이 얼마 남지 않은 어르신들은 그동안 수고하신만큼 더 잘 치료받고 돌봄을 받고 믿음의 유산을 물려주며 더 평안하게 천국을 맞이할 수 있어야 합니다. 가정을 책임지는 부모는 사랑하는 자녀들을 위해라도 꼭 건강을 회복하고 든든한 믿음의 기둥이 되어야 합니다. 태중의 생명부터 모든 아이들은 앞으로 하나님의 비전을 품고 이루기 위해 희망의 꽃을 피우고 하나님이 기뻐하시는 열매를 거두기 위해서 꼭 회복되어야 할 존재들입니다.

치유는 어떤 지식과 지혜보다 사랑으로부터 오는 선물입니다. 온전한 사랑이 두려움을 이기게 합니다. 진실한 사랑 앞에서 마음을 열며 쉼을 얻으며 회복과 치유를 경험하는 이들은 주님과 함께 병원에 있는 이들입니다. 이들의 온전한 구원을 위해 주님은 병원이라는 현장에 병 낫기를 위하여 서로 기도하며 사랑하도록 부르신 것입니다.

부족하고 연약한 저를 그대로 받아주시는 은혜를 체험한 후, 이전보다 더욱 주님을 사랑하고 섬기겠노라 고백하는 저를 주님은 병원 사역의 현장으로 부르셨습니다.

"땅 끝까지 이르러 내 증인이 되리라"라고 하신 주님의 부르심에 따라 이곳을 '땅 끝'이라 여기며 기쁨으로 섬겼습니다. 주님의 제자로서 고통 중에 있는 이들을 돕기로 결심하고 감히 위로하며 중보하고 수고했습니다. 주님은 정말 놀랍게도 저의 기대나 노력보다 더 많이 치유해주셨습니다. 그러나 주님은 무엇보다 날마다 주님이 사랑하는 이들과 함께 울고 함께 기뻐하는 부족한 목회자를 치유하고 계셨습니다. 아픈 이들을 통해서 더 아파하시며 그들을 끝까지 사랑하시는 주님이 온전하게 하심을 바라보게 하셨습니다. 그리고 주님

을 기다리고 또 기다리며 사랑으로 역사하시는 믿음 안으로 들어가
게 하셨습니다.

'병실에서 빛나고 있는 아름다운 별들'을 생각하며 오늘도 어린이
병동에서 믿음의 땅 밟기를 합니다. 생명의 기운을 활기차게 느끼며
소망의 발걸음, 치유의 발걸음이 되기를 간절히 바라는 마음으로 오
늘도 한 걸음, 한 걸음 내딛습니다.

어린이 병동에는 아이들의 고통스러운 울음소리, 투정부리는 소
리, 복도에서 걷기 연습하는 아이들, 굶식(?)을 하면서도 커튼 속에
서 내일의 희망을 품고 책을 읽는 소년 소녀들, 아이를 안고 어르며
이런 저런 소중한 정보를 나누며 반짝이는 눈망울로 이야기꽃을 피
우는 엄마들이 있습니다.

엄마의 사랑은 정말 위대합니다. 때로 완치를 기약할 수 없는 희
귀병들을 안고 가는 아픈 아이를 품에 안고 많이 지칠 법도 한데, 치
료 과정과 아이가 먹은 약을 하나하나 다 기억하고 꼼꼼히 기록하는
모습을 보노라면 어쩜 저렇게 지혜롭고 섬세하게 사랑으로 아이를
돌보는지 놀라곤 합니다. 사랑하는 자녀를 위해 얼마나 기도하며 애
통하는지…. 그들 사이를 숙련된 솜씨로 분주히 움직이며 틈틈이 사
랑의 눈빛과 목소리로 돌보시는 선생님들의 활기찬 발걸음, 모두 모

두 희망을 찾고 생명의 꽃을 피우는데 하나가 됩니다.

"지금 이 시간은 허무하게 흘려보내는 시간이 아니에요! 한 알의 밀알이 떨어져 썩어지고 있기에 이제 잎이 피고 열매도 맺을 거예요! 새로운 생명은 이미 피어나고 있어요, 장해요, 힘내요!"

오늘도 생명을 꽃피우는 발걸음들. 여기에 발맞춰 오늘도 작은 예수님과 손잡고 함께 걸으며 넉넉한 엄마의 마음으로 사랑을 품고 다가갑니다. 표정을 살피며 오늘 수치는 어떤지, 지난밤에 아무 문제는 없었는지, 차도가 있는지, 지금 마음이 어떤지 묻고 마음으로 기도합니다.

고통 가운데 죽음을 앞둔 아이들을 품기에는 때론 너무 거칠고 때론 너무 약해서 당장이라도 희망을 접어야 할 것 같은 현실 앞에서 절망하기도 합니다. 어느 때는 '무릎팍도사' 같이 무언가 짧은 지식과 지혜로 도와주고 싶어 애를 쓰기도 합니다. 함께 기도하다 통곡하는 엄마와 함께 울다가 눈물을 훔치며 숨기려고 한 마음을 들킨 것 같아 어색한 마음에 가슴을 쓸어내립니다. 울다가 어색함을 피하려고, 아니 웃게 해주고 싶어서 유머를 찾아내고 함께 웃기도 합니다. 그러나 위로의 말이 생각나지 않을 때가 더 많습니다. 아니, 말로는 도저히 위로할 수 없는 것을 알기에 주님을 부를 수밖에 없습니다.

두려워 말라
내가 너와 함께 함이라

'주님, 오늘도 어제처럼 여기 계시지요? 만져주세요. 안아주세요. 눈물 닦아주세요. 잠자는 동안 기적처럼 치료해주세요. 주님 왜 여기서 이렇게 오랫동안 아파야 하는 거예요? 알려주세요. 주님, 기대합니다. 그리고 사랑의 주님 기다립니다!'

어린이병동에서 일어나는 기적들은 의료진의 정성어린 치료와 수많은 이들의 눈물과 사랑과 세심한 돌봄 가운데 계시는 하나님의 능력이 생명을 살아내고 있는 아이들 안에 있습니다.

아무런 잘못 없이 질병의 고통가운데 있는 어린 아이들은 오늘 우리 대신 십자가에서 고난당하시는 예수님입니다. 고통 가운데서도 피하지 않고 새롭게 자신의 답을 찾아내고 다시 힘을 내어 생명을 향해 몸부림치며 소망의 길로 나아가는 이들이야말로 진실로 고난당하시고 십자가에서 죽으신 주님의 진정한 제자입니다.

희귀병으로 담도폐쇄에 간이식을 거쳐 생사가 불투명했던 희성이는 제 목회 여정에서 잊을 수 없는 아이입니다. 간이식까지 받으며 생사를 넘는 힘든 고비가 많았습니다. 그러나 온 가족이 하나 되어 사랑으로 돌보는 가운데 수차례 입원과 퇴원을 반복하면서도 씩씩하게 자라며 주위에 희망을 주고 있습니다. 늘 환한 웃음을 잃지 않고 병실을 놀이터 삼아 재잘재잘 주기도문과 사도신경을 외우던 희성이네 집에 하나님은 모두가 그토록 기다려 온 예쁜 여동생을 주셨답니다. 아이가 엄마 태중에 있을 때 유전자 이상이 있을 수도 있다는 우려 속에서도, 아이가 혹시 건강하지 않을지라도 하나님이 주신 선물이니 기쁘게 받겠다는 엄마의 놀라운 믿음의 고백에 다른 가족들은 불안한 마음으로 지켜보았지만, 함께 기도하는 가운데 하나님이 주시는 평화를 누리게 되었습니다. 하나님은 그 믿음의 고백대로 건강한 아기를 주셨고, 우리는 함께 감사 기도를 드리며 인간의 지각을 뛰어넘어 역사하시는 정말 좋으신 하나님을 눈물로 찬양했습니다.

희성이를 돌보며 수없이 드렸던 엄마의 '그리 하지 아니하실지라도 나의 하나님'이라는 믿음의 고백은 이미 포기하고 주저앉고 싶은 마음에 주님이 주신 가장 좋은 선물이었습니다. 어떤 상황 속에서도 하나님이 허락하신 것은 모두 좋은 것이라는 결코 쉽지 않은 믿음의 고백으로 나아갈 때 주시는 하나님의 은총은 참으로 크고도 감당할 수 없는 기쁨으로 이어짐을 보는 시간이었습니다.

태중에서부터 태아 수신증을 가지고 세상에 나와서 선천적 결손증으로 식도, 항문 폐쇄, 척추에 이르기까지 복합적 증세를 가지고 있었던 사랑스러운 혜원이. 태중에 이미 그러한 진단을 받았지만,

두려워 말라
내가 너와 함께 함이라

"엄마가 기도 많이 해야 돼요!"라는 의사 선생님의 말씀에 힘을 얻고 흔들리지 않는 믿음으로, 기도의 사람으로 주위 엄마들에게 사랑의 천사가 되었던 혜원이 엄마. 어린이 수요예배에 온 가족이 어린이 선물을 준비해 와서 하나님의 사랑이 치료한다는 믿음을 고백하며 '위로하는 섬김이'이자 중보기도자가 된 혜원이는 늘 든든한 나의 동역자입니다. 걷지도 못하고 목소리도 안 나오고 먹지도 못할 거라는 절망적인 소견에도 꾸준히 치료 받았는데, 어느새 사랑스럽고 예쁜 초등학교 1학년이 되었습니다. 받아쓰기 100점 시험지를 가져와서 의사 선생님이 되겠다는 포부를 보여주는데 그 순간의 기쁨은 이미 의사 선생님이 된 아이를 만나는, 아니 그 이상의 것이었습니다. 열한 번씩이나 몸 곳곳의 장기를 수술 받는 아이를 지켜보면서도 단한 번도 실망하지 않고 주님이 선하게 인도하심을 고백하는 혜원이의 부모님은 진정한 주님의 제자입니다.

"아이가 학교를 다니며 불편한 부분이 있지만 그래도 감사해요. 늘 밝게 믿음 안에서 잘 자라서 감사해요! 나눌 수 있는 기쁨 주신 하나님께 감사해요. 마음과 환경을 열어주신 하나님께 영광을 올려드립니다."

소금 같이 스며들어 조용히 복음을 전하며 희망을 주는 사랑스러운 천사 가족, 이들에게 하나님이 고통을 허락하신 이유를 진정 알 것 같습니다.

　요한이의 고통과 인내의 시간 속에는 합력하여 선을 이루시는 하나님의 계획 가운데 허락하신 기쁨의 선물이 많았습니다. 태어난 지 56일 만에 세균성 뇌수막염으로 사경을 헤매었던 요한이가 100일 만에 퇴원하던 날, 앞으로도 영원히 "끝나지 않을 감사"라 고백하며 감사의 제목을 나열했던 요한이 엄마와 온 가족의 흔들리지 않는 믿음의 기도와 간구를 기뻐하신 하나님은 더 많은 감사의 제목들을 주셨습니다. 요한이를 돌보던 간호사 선생님은 요한이 삼촌과 결혼해서 한 가족을 이루어 예쁜 사촌동생을 선물했습니다. 요한이를 중심으로 온 가족이 말씀 위에 든든히 서서 아이들을 사랑으로 가르치며 온 가족이 기도하며 봉사하고 섬기는 모습을 볼 때면 요한이의 고통의 시간들은 온 가족의 믿음을 든든하게 세우시고 구원을 이루시기 위한 은총의 시간이라 여겨집니다.

　난치성 간질에 궤양성 대장염으로 19년째 매일 고통의 순간들을 보내는 아이 곁에서 주님을 붙잡고 인내하며 믿음으로 나가는 한나 엄마, 아픈 아이를 돌보느라 바쁜 와중에도 목소리로 재능 기부하여 기도문 파일을 만들어 준 수현이 엄마, 중보기도모임을 하며 각 질병에 맞는 기도문 책자를 만들어 아낌없이 나누어주는 현민 엄마,

두려워 말라
내가 너와 함께 함이라

어린이 병동을 '병원 선교 유치원'이라 하며 입원하면 매일 기도회에 열심히 참석해서 기도하는 아이들, 외래로 오면 또 잠깐이라도 와서 기도하는 엄마 아빠들, 늘 주위에 복음을 전하고 틈만 있으면 QT하는 이들, 고통 속에서 잠시도 누워있지 못하고 온 몸을 움직이며 힘들어하는 아이에게 찬송을 들려주며 '스스로 재활하는 어린이'라고 격려하고 소망 중에 인내하며 날마다 기쁨으로 감당하고 있는 이들 모두가 하나님의 선교사입니다.

오늘도 쿵쿵, 기적처럼 하나님이 놀랍게 치유하신 이야기, 여전히 끝나지 않은 고통과 때로 찾아오는 두려움 속에서도 믿음을 붙잡고 사랑을 실천하며 들려주는 아름다운 소식에 기쁨과 감사의 소리를 듣습니다. 말씀을 붙잡고 기도하는 엄마 아빠들, 아픈 중에도 믿음으로 잘 이겨내고 있는 꼬마 천사들, 함께 아파하며 열심히 사랑으로 돌보며 희망을 가지고 기다리는 엄마, 아빠들을 응원하며 기도합니다. 그 아픔을 지켜보며 묵묵히 격려하고 최선을 다하여 치료하고 돌보시는 선생님들은 모두 주님이 보내시고 붙잡고 계신 진정한 생명 살림의 사명자입니다.

병원은 어떤 이들이 보기에는 한없이 우울하고 어두운 공간이지만, 이런 돌봄 속에서 오히려 따뜻한 보금자리가 되기도 하고, 또 하루 이틀 함께 나눈 이야기들이 세월이 되고, 어느새 색깔이 달라지고, 향기로운 이야기가 되어 널리 퍼져갑니다. 그 안에는 하나님의 생명 이야기, 슬프지만 슬픔보다 더 깊고 따뜻한 사랑의 이야기, 죽음 너머 또 새로운 꿈을 꾸게 하는 이야기가 있습니다. 그것은 하늘 보좌를 버리고 보잘 것 없는 말구유에 어린아이 모습으로 오신 그분의 이야기입니다. 그 이야기보따리 안에는 세상이 감당할 수 없는 놀라운 생명들, 무지개처럼 빛나는 주님의 그 놀라우신 사랑, 아파하는 이들과 함께하는 시간, 오직 가르치시고 치유하시는 우리 주님이 계십니다. 사랑으로 만져주시며 여전히 그곳에 계셔서 사랑으로 함께 울고 웃고 계시기에 내일 또 눈을 열어주시면 주님과 희망의 여정을 걸어갈 수 있습니다. 어떠한 상담 기술이나 세상의 능력보다도 더 크신 하나님의 사랑이 희망이 되고 기쁨이 됩니다. 그래서 하나님은 여기, 오늘 계십니다.

병원 사역의 모든 시간들은 이 땅에 오셔서 가르치시고(teaching), 전파하시고(preaching), 치유하신(healing) 예수님의 사랑의 섬김의 시간에 잇대어 있다는 믿음입니다.

의료기술에 사랑의 복음을 담아 선교의 사명을 지금까지 잘 감당해오는 세브란스병원 안에는 인생의 위기 가운데 녹아있는 소중한 지혜가 가득합니다. 질병과 죽음의 두려움 앞에 당혹스럽고 용납할 수 없어 힘들어하면서도 새롭게 알게 된 영원하신 그분의 참 사랑 앞에 놀라고 기뻐하는 모습들은 그 무엇과도 비교될 수 없는 감동과 희망을 줍니다.

'세계가 내 교구라'고 고백하며 선교의 열정을 보여주신 웨슬리 목사님, 먼 한국 땅에 와서 최초로 복음을 심어주신 아펜젤러 목사님을 기억하며, 정동제일교회 선교부의 모든 기도와 후원가운데 나아가는 발걸음마다 은혜가 넘칩니다.

초저녁에 일어나 부르짖을지어다. 네 마음을 주의 얼굴 앞에 물 쏟듯 할지어다. 각 길 어귀에서 주려 기진한 네 어린 자녀들의 생명을 위하여 주를 향하여 손을 들지어다 하였도다(애 2:19).

선한 사마리아인,
착한 세브란스인

목사 정종훈

예수님의 비유 가운데 선한 사마리아인의 비유가 있습니다. 비유에 의하면, 어떤 사람이 예루살렘에서 여리고로 가다가 강도를 만납니다. 강도는 그 사람의 모든 것을 강탈하고, 반은 죽은 채로 길가에 내팽개칩니다. 그 곁을 제사장이 지나가고 레위인이 지나가지만, 그들은 강도를 만난 자를 외면하고 자기들이 가던 길로 급하게 갑니다. 그러나 사마리아인은 강도를 만난 사람에게 최선을 다하는 이웃이 되어 줍니다.

미국의 신학자 레오나드 그리피스(Leonard Griffith)는 사마리아인의 비유에 세 가지 삶의 철학이 담겨있다고 설명합니다. 첫째는 "네

것은 내 것이다. 나는 그것을 가지려고 한다"라는 강도의 철학입니다. 강도는 자신에게 속하지 않은 남의 것을 억지로 강탈하려고 합니다. 남이 땀 흘려 거둔 결실을 별로 힘들이지 않고 거두려 합니다. 그것이 여의치 않으면 물리적인 폭력을 가하며 분풀이를 합니다. 둘째는 "내 것은 내 것이다. 나는 그것을 지키려고 한다"라는 두 종교지도자의 철학입니다. 두 종교지도자는 강도 만난 자 앞에서 머뭇거리다가 혹시 자기 것을 잃을지 모른다는 두려움을 갖고 있습니다. 자기가 노력해서 소유한 것을 자기만 누리는 것이 당연하다고 생각합니다. 때문에 자기 것을 남을 위해 사용하는 것에 대해서 생각조차 하지 않습니다. 셋째는 "내 것은 당신의 것이다. 나는 그것을 당신과 나누려고 한다"라는 사마리아인의 철학입니다. 사마리아인은 자기 것을 다른 사람과 나눌 수 있는 기회를 기쁘게 생각하며 아낌없이 나누려고 합니다. 그는 자신의 땀으로 거둔 자기 소유를 가장 절실하게 필요한 사람의 것이라고 생각합니다. 그래서 그는 다른 사람의 고난을 미리 준비하기나 한 것처럼 최선의 자비를 베풀기 위해서 노력합니다.

세브란스병원 응급실에는 매년 보호자나 후견인 없이 실려 오는 환자들이 수백 명에 이릅니다. 긴급하게 치료하지 않으면 안 되는 중증환자들도 있습니다. 그들 가운데 스스로 치료비를 감당할만한 능력이 전혀 없어서 치료나 수술, 입원이나 약재처방 등의 치료 과정에 들어가기 어려운 환자들이 적지 않습니다. 그들은 치료의 사각지대에 놓여있는 환자입니다. 그러나 그들의 생명과 삶은 하나님의 형상으로 지어진 존귀한 것으로 하나님의 선물입니다. 그러므로 그들에 대해서 치료비를 후원하고, 위로하며 격려하기 위해서 심방과 기도를 실행하는 것은 선한 사마리아인이 강도를 만난 사람의 이웃이 되는 것과 동일한 과정이라고 말할 수 있습니다.

연세의료원 원목실은 선한 사마리아인의 철학을 실행하기 위해서 '선한 사마리아인 SOS 프로젝트'를 계획했습니다. 이는 강도를 만난 자처럼 무방비 상태에서 아무런 연고 없이 그저 긴급한 도움만을 기다리는 응급환자들에 대해서 수수방관하는 것이 아니라, 즉각적인 치료 과정으로 이끌기 위한 열정의 결과였습니다. 세브란스병원에서 이 프로젝트가 실행되기 시작한 것은 2014년 3월부터인데, 다른 기독교 병원들도 연세의료원 원목실의 경험을 성찰하고 공유함으로써 '선한 사마리아인 SOS 프로젝트'와 유사한 프로그램이 많이 생겨났으면 좋겠습니다.

'선한 사마리아인 SOS 프로젝트'는 운영지침을 설정하고, 그 운영지침에 근거해서 프로젝트를 운영하고 있습니다. 그러나 운영지침은 영구불변한 것이 아니라 운영하는 과정에 드러나는 상황을 반영하기 때문에 큰 틀은 그대로 유지되지만, 지원대상은 처음보다 많이 확대되었습니다.

첫째는 후원대상과 후원항목입니다. 후원대상은 "보호자 없이 가정과 사회로부터 버림받은 응급환자"(독거 환자, 행려 의심 환자, 노숙 환자, 가족이 돌봄을 거부한 환자 등), "보호자가 있지만 환자를 돌볼 능력이 없어 돌봄을 받지 못하는 응급환자", 그리고 "두 조건에 해당하는 외국인 환자"로 규정하고 있습니다. 후원항목은 '의료비 후원'(본인 부담 발생 진료비, 약제비, 간병비, 이송비, 기타 치료에 필요한 지원)과 원목실 교역자들에 의한 '기도 및 침상 돌봄 후원'으로 구분하고 있습니다.

둘째는 프로젝트 운영위원회의 구성입니다. 위원장은 연세의료원 원목실장 겸 교목실장이며, 운영위원은 응급의학과장, 사회사업팀장, 간호수석부장, 입원원무팀장, 세브란스병원 원목이 담당하고, 간사는 응급실 담당 사회사업사가 맡고 있습니다. 운영위원장 및 각 위원은 당연직으로 하며, 궐위 시 업무 대체자가 업무를 수행합니다. 운영위원회는 전반기와 후반기에 각각 1회 개최하는 것을 원칙으로 하되 필요 시 운영위원장이 별도로 개최할 수 있습니다. 운영위원회는 프로젝트 집행 계획 및 현황 등에 대해 논의하고 의결하는 기능을 수행합니다. 후원기금의 집행 절차는 세브란스병원 사회사업후원금 운영위원회 운영지침을 따릅니다. 그리고 간사는 회의록

작성 및 연락업무 등을 수행합니다.

셋째는 후원 기준 및 후원 범위입니다. '의료비 후원'의 기준은 건강보험가입자는 최저 생계비 200% 범위 내에서, 의료급여 수급권자는 의료급여증을 확인함으로써 후원하고, 앞의 두 경우가 확인되지 않지만 지원이 필요한 환자(행려 의심 환자, 신원 미상 환자 등)는 의료진의 협의진료의뢰 및 입원원무팀의 협조 요청에 근거하여 후원합니다. 후원 범위는 소득과 자산 등의 평가 및 발생 의료비, 간병비, 이송비 등의 수준을 감안하여 차등으로 지원하되 최대 500만 원을 넘지 않는 범위에서 후원합니다. 단 500만 원을 초과하여 지원해야 할 경우에는 별도 논의 후에 1,000만 원까지 후원할 수 있습니다.

넷째는 프로젝트 기금의 운영 관리입니다. 프로젝트 사업 기간은 당해년도 3월 1일부터 익년 2월 말까지로 하고, 해당 기간의 기금 잔액은 차기 년도로 이월하여 사용합니다. 사업별 담당부서는 프로젝트 집행을 보고하는데, 사회사업팀은 의료비 후원 자료를 보고하고, 원목실은 기도 및 침상 돌봄 후원 자료를 보고합니다. 사회사업팀에서는 사업별 담당 부서에서 작성한 자료를 취합하여 보고 자료를 작성하고, 후원기금의 사용 현황에 대해서는 연 1회 후원 교회 혹은 후원자에게 보고합니다. 그리고 세브란스병원 사회사업팀에서는 프로젝트 기금 운영과 관련한 서류(후원기금 집행 현황 자료, 후원 대상 환자의 후원평가서 및 의결서, 경제적 상황 증빙 서류와 같은 후원 평가 근거 서류)를 보관하도록 합니다.

그동안 '선한 사마리아인 SOS 프로젝트'를 통해 후원받은 환자들은 신촌 세브란스와 강남 세브란스, 그리고 용인세브란스 전체를 더하면 200명 남짓 됩니다. 후원을 받은 환자들의 상황을 보면, 혼자 사는 환자들이 대부분이었고, 부모나 형제자매 또는 친구나 친지들로부터 관심을 받지 못하거나 관계가 아예 단절된 환자들이 많았습니다. 설사 부모와 형제자매 등 가족이나 친지와 연결되는 경우라 할지라도, 해당 환자를 대신해서 의료비용을 지원해줄 형편이 아니었습니다. 그 가운데는 일용 노동자로서 그날그날 일해서 먹고사는 환자들도 있었고, 정부생계비를 지원받아서 힘겹게 사는 환자들도 있었습니다. 주거지의 형태를 보면 고시원이나, 아르바이트를 하는 식당, 임대주택이나 요양시설 등이 대부분이었고, 노숙자와 행려자도 있었습니다. 그리고 내국인뿐만 아니라 조선족이나 탈북자로부터 우즈베키스탄 노동자, 태국출신 노동자의 부인, 강도를 만난 모로코인, 불법으로 체류하던 네팔 노동자 등 외국인도 있었습니다. 후원받은 환자들은 내국인이든 외국인이든 '선한 사마리아인 SOS 프로젝트' 후원에 대해서 가뭄의 단비라며 감사를 표했습니다.

'선한 사마리아인 SOS 프로젝트'를 운영하는 실무 책임의 운영위원장으로서 고민되는 것이 있습니다. 그것은 이 프로젝트 자체를 공개적으로 광범위하게 홍보하는 것이 쉽지 않다는 것입니다. 후원금이나 후원받은 환자들을 확대하기 위해서는 홍보를 잘 해야 하는데, 너무 홍보가 잘 되면 후원을 받기 위한 환자들이 넘쳐나 후원금을 감당하기 어려울 수 있거나, 좋은 의도의 프로젝트가 악용될 수 있기 때문입니다. 그러나 너무 쉬쉬하면 정작 후원의 혜택을 받아야 할 환자들을 놓칠 수 있다는 것이 고민입니다. 지금 세브란스병원은 적정선의 환자들을 후원하기 때문에 확보된 후원금을 모두 소진하지는 않지만, 오래지 않아 입에서 입으로 소문이 날 경우에는 후원금에 어려움 없이 지속적으로 운영할 수 있을지 예상하기란 쉽지가 않습니다. 그럼에도 불구하고 연세의료원 원목실은 사마리아인의 철학을 지닌 교회나 개인 기부자, 또는 세브란스인을 최대한 확보하기 위해서, 그리고 긴급한 도움을 필요로 하는 환자들을 최대한 후원하기 위해서 어떤 수고라도 기꺼이 감수하겠다는 각오를 다지고 있습니다.

저는 세브란스병원에서 '선한 사마리아인 SOS 프로젝트'가 운영되는 것을 매우 자랑스럽게 생각합니다. 연세의료원의 지난 133년의 역사를 돌아보면, 선교사와 선각자들의 열정과 헌신이 있었고, 수많은 사람들의 아낌없는 기부가 확장되어 왔습니다. 광혜원이 세

두려워 말라
내가 너와 함께 함이라

워질 때 고종 황제와 민영익 대감의 보은의 기부가 있었습니다. 세브란스병원이 세워질 때 기도하며 기부를 결정했던 사업가 세브란스 장로의 거액의 기부가 있었습니다. 지금의 세브란스병원 본관이나 연세암병원의 봉헌 역시 연세의료원 내부의 구성원들과 외부 기부자들의 기부 참여가 초석이었습니다. 133년 동안의 많은 기부는 연세의료원과 세브란스병원의 입장에서는 사랑의 큰 빚임에 틀림이 없습니다. 언젠가 학생채플의 강사로 오신 교계의 어느 목사님께 '선한 사마리아인 SOS 프로젝트'에 대해서 소개한 적이 있습니다. 이야기를 청종하신 목사님은 이렇게 말씀하셨습니다. "역시 세브란스다운 프로젝트네요." 그리고 목사님께서는 '선한 사마리아인 SOS 프로젝트'에 참여할 것을 약속하시고, 관계하는 재단을 통해서 기부금을 즉시 보내주셨습니다. 이제 모든 세브란스인들이 하나님의 사랑으로 환자들을 치료하며, 의료원과 병원의 모든 사안을 '선한 사마리아인 SOS프로젝트'처럼 운영하고자 노력한다면, 연세의료원과 세브란스병원은 기독교 의료기관으로서 자기 정체성을 지킬 뿐만 아니라, 국민건강과 환자치료에도 큰 기여를 하게 되리라고 확신합니다.

아픔을 가진 이들의 이야기를 들어주고 싶다 _ 목사 신광철 / 살아있음에 감사 _

전도사 백승자 / 미리 결론내지 말고 하나님을 바라보자 _ 전도사 김성애 / 하나님 얼

마나 널 사랑하시는지 _ 목사 한기철 / 내 친구 한세정 _ 전도사 김은해 / 고통을 넘

어 희망으로 _목사 김병권

제2부

고통을 넘어 희망으로

: 교역자들의 이야기

두려워 말라
내가 너와 함께 함이라

아픔을 가진 이들의 이야기를 들어주고 싶다

목사 신광철

    어릴 적 신체적 아픔 때문에 마음의 문을 닫아야만 했던 내가 목회의 길을 걷기로 결심했을 때 다짐했던 말은 '아픔을 가진 이들의 이야기를 들어주고 싶다'는 것이었습니다. 나는 4살 때 병에 걸려 목숨이 위험한 상태에 이른 적이 있습니다. 너무 어릴 적의 일이라 잘 기억이 나진 않지만, 당시의 의학기술로는 치료가 어려운, 사망률이 매우 높은 병이었습니다. 그러한 상황에서 부모님은 나의 목숨을 구하기 위하여 하나님께 서원기도를 드렸고, 나는 수소문 끝에 세브란스병원에서 수술을 받게 되었습니다. 부모님의 간절한 기도와 세브란스병원 의료진의 수술과 치료 덕분에 목숨을 건질 수가 있었습니다. 하지만, 목숨을 건진 대가로 나는 신체적 불편함을 얻어야만 했습니다.

몸의 불편함은 곧 마음의 괴로움으로 연결이 되었습니다. 어릴 적 철없던 아이들의 놀림과 사람들의 호기심은 나에게 크나큰 상처를 주었습니다. 그 괴로움 속에서 내가 가지고 있던 의구심과 질문은 항상 '왜 나는 이러한 아픔을 가지고 살아가야 하는가?', '다른 사람들도 아니고 왜 하필 나인가?'였습니다. 어릴 적의 마음으로는 이해가 가지 않았고, 하나님을 참 많이 원망했으며 슬픔에 잠기기도 했습니다. 하지만 무엇보다 답답했던 것은 내 아픈 심정을 들어줄 이를 찾기 힘들었다는 것이었습니다. 스스로 쌓은 벽 때문에 친구들과 깊은 관계를 맺는 것이 쉽지 않았고, 섣불리 내 아픔을 누군가에 말하기를 꺼렸습니다. 나의 마음을 전적으로 이해해줄 사람을 찾기란 결코 쉬운 일이 아니었습니다.

그러한 마음은 대학교에 진학하여 하나님을 다시 만나기 전까지 계속 되었습니다. 신학을 공부하며 다행히 하나님을 진정으로 다시 만나게 되었고, 하나님께서는 언제나 나와 함께하신다는 것을 깨달았습니다. 그 깨달음 후에 나의 아픔은 더 이상 혼자만의 것이 아니었습니다. 내가 알지 못했던 것이지 힘든 가운데에도 하나님께서 언제나 나를 사랑하시고 함께하신다는 것을 깨달은 순간, 나는 말로

두려워 말라
내가 너와 함께 함이라

표현할 수 없는 큰 위로를 받았고 상처는 조금씩 치유되어 갔습니다. 위로와 치유 속에서 마음의 벽은 조금씩 허물어졌고, 자연스럽게 사람들과의 관계도 회복되기 시작했습니다.

마음의 상처가 점차 치유되자 들었던 생각은 힘들고 괴로운 자에게 먼저 다가가 그들의 목소리를 듣고 함께 있어주어야겠다는 것이었습니다. 다른 사람에게 함부로 꺼낼 수 없는 이야기, 다른 이가 들어주지 않았던 이야기를 듣고 그들의 옆에 있어야겠다는 생각이 들었습니다. 공감으로 그들의 마음의 문을 열고 난 뒤에는, 더 나아가 아무리 괴롭고 힘든 상황이라도 당신은 혼자가 아니라 하나님께서 함께 계신다는 것을 알려주고 싶었습니다.

그러한 마음이 있었기에 미국 유학을 마친 뒤, 미국에 정착하지 않고 한국으로 돌아왔습니다. 한국으로 돌아온 뒤에 사역의 여러 자리들을 생각하며 무엇이 내가 꿈꾸는 사역인지를 고민했습니다. 나처럼 마음의 상처를 받은 사람들의 이야기를 들어주고 그들이 하나님을 만날 수 있게 도와줄 수 있는 사역이 무엇인지 기도 가운데 알기 원했습니다. 그 가운데 병원 사역을 알게 되었고, 병원 사역이야말로 내가 원하던 사역이라고 느꼈습니다. 병원이라는 특수한 환경에서 육체적 질병뿐만 아니라 마음의 병을 얻는 많은 환자들에게 필요한 것이 바로 자신의 이야기를 들어줄 사람이라고 생각했습니다.

따라서 그들에게는 자신의 이야기를 전적으로 들어주고 지지해줄 수 있는 사람, 나의 속내를 전부 말해줘도 이해해줄 수 있는 사람이 필요합니다. 그 역할을 하는 적임자가 바로 목회자라고 생각합니다. 환자에게 다가가 속에 있던 이야기를 듣고 위로하고, 그 안에 하나님이 어떠한 사역을 하시는지를 함께 나눈다면 영적인 회복과 위로가 될 수 있기 때문입니다.

  세브란스병원에서 사역을 한 지 얼마 지나지 않아 어느 환자를 만났습니다. 주일 예배 헌금함에 기도요청서 한 장이 있었는데 거기에는 심방을 해주길 바란다는 내용이 적혀 있었습니다. 나는 기도요청서를 들고 해당 병실을 찾아가게 되었습니다. 그 병실에는 30대 후반으로 보이는 한 여성이 누워 있었습니다. 잠이 들었다면 이따가 찾아올 생각으로 다가가니 그 여성 환자는 몸을 일으키면서 나에게 어떠한 일로 왔는지를 물어보았습니다.
  "기도요청서가 와서 방문하였습니다. 혹시 기도를 요청하셨나요?" 그런데 그 환자는 기도요청서가 무엇인지도 모르고 있었고, 자신이 요청하지 않았다고 답을 하였습니다. 그러다가 어떤 생각이 얼핏 지나쳤는지 "아, 그거 남편이 했을 거예요"라고 답하였습니다.
  남편이 어떠한 이유에서 기도를 요청했는지 알고 싶었던 나는 그녀에게 실례가 되지 않는다면 어떠한 이유로 병원에 입원하게 되었는지, 혹시 힘든 것이 있는지 듣고 싶다고 하였습니다. 말이 채 끝나기도 전에 환자의 눈가에는 눈물이 고이기 시작하였습니다. 처음에는 무척 당황하였지만 그녀를 그대로 두는 것이 낫겠다는 생각이 들었습니다. 말없이 눈물을 흘리던 그녀는 급기야 대성통곡을 하면서 울기 시작하였습니다. 어설픈 말로 위로하기보다는 옆에서 기다려주는 것이 큰 위로라는 생각에 나는 그저 옆에 있는 화장지를 건네주면서 조용히 그녀의 옆을 지켰습니다. 한참을 울던 그녀는 말을 꺼내기 시작하였습니다.

"다 제 잘못이에요, 다 내가 욕심을 부려서…" 자책과 함께 그녀는 자신의 이야기를 꺼내기 시작하였습니다. 그녀는 뇌 쪽의 병으로 인하여 치료를 받는 도중에 계획에 없던 임신을 하였습니다. 그런데 뇌 쪽의 치료가 마무리되지 않은 채 임신이 되어서 그녀 자신은 물론이고 뱃속에 있는 아기에게까지 위험이 제기되는 상황이었습니다. 남편과 친정어머니를 비롯한 주변 사람들은 안타깝지만 아이를 포기해야만 한다고 이야기를 하였습니다. 하지만 그녀는 사람들의 이야기를 듣고도 포기하지 않고 아이를 낳겠다는 고집을 피우고 있었습니다.

그런데 임신과 함께 몸의 호르몬 작용에도 변화가 생겨서 그녀의 병은 더욱 심해지는 문제가 나타났습니다. 그대로 방치할 수 없었기에 병원에 와서 방사선 치료를 비롯한 여러 치료를 받게 되었지만 이는 곧 아이에게 악영향을 미칠 수밖에 없는 상황이었습니다. 그러한 상황이었기에 남편을 비롯한 다른 사람들의 이야기를 듣지 않는 자신을 자책하고 있던 것이었습니다. 자신의 남편, 친정어머니, 첫째 아이, 그리고 뱃속의 아이에게 그녀는 미안함을 느끼고 있었습니다. 그러한 마음의 이야기를 어느 누구에게도 하지 못하고 그저 속으로 썩이며 밤낮으로 울고 있는 것을 보던 남편이 원목실로 기도 요청을 한 것이었습니다. 남편은 이미 오래전에 교회를 떠난 상태였고 환자는 교회를 다녀본 적이 없었지만, 아내를 더 이상 위로해줄 수 없는 상황에서 남편도 너무 힘들어 원목실에 도움을 요청한 것이었습니다.

극심한 죄책감과 후회에 사로잡힌 그녀에게 내가 해줄 수 있는 말은 이러한 상황이 그녀의 잘못이 아니라는 말뿐이었습니다. 아이를 포기하지 않겠다는 마음과 결심이 잘못된 것이 아님을 말해주며 그녀의 죄책감을 덜어주는 것밖에는 할 수 있는 것이 없었습니다. 그리고 아이가 태어나면 자라서 나중에 엄마에게 세상에 태어나게 해준 걸 고마워할 것이라고… 그게 내가 해줄 수 있는 말의 전부였습니다. 그녀는 그 후로도 한참을 울었고, 나는 그녀의 울음이 멈출 때

두려워 말라
내가 너와 함께 함이라

까지 옆에서 기다려 주었습니다.

　그날 이후로 나는 매일 그 병실을 찾아가 그녀의 이야기를 들었습니다. 이야기의 주제는 다양했습니다. 자신의 몸 상태에 대한 이야기, 아기에 대한 이야기, 남편과의 이야기, 친정어머니와의 이야기를 들으며 그녀가 울 때에는 같이 울고, 그녀가 웃을 때에는 같이 웃었습니다. 그녀의 이야기를 다 들어주고 나는 그녀에게 아프고 힘든 상황이지만 혼자가 아니며 옆에는 남편도, 친정어머니도, 뱃속의 아기도 그리고 하나님도 함께 계신다는 사실을 이야기해주었습니다.

　참 다행스럽게도 그녀는 언제부터인가 나를 만날 때 더 이상 울지 않고 웃게 되었습니다. 방사선 치료를 할 때는 뱃속의 아이가 걱정된다면서 근심이 있었지만, 치료가 잘 되고 있음에 감사하였고, 뱃속의 아이도 잘 커가고 있음에 행복해하였습니다. 어려움 속에서 재활 훈련도 동시에 잘 해나갔습니다. 퇴원을 얼마 앞둔 어느 날 그녀는 나에게 세브란스병원에서 세례를 받고 싶다는 놀라운 고백을 하였습니다. 그동안 심방을 하면서 그녀를 위로하기 위하여 하나님 이야기를 꺼낸 적은 있지만 신앙을 강요하지는 않았습니다. 그런데 퇴원을 앞둔 그녀가 남편과 의논하여 세례 받기로 결정하고 나에게 말을 꺼낸 것입니다. 부부는 함께 세브란스병원 교회에 나와 세례를 받고 기쁨과 감격의 눈물을 흘렸습니다. 나는 그저 그녀의 속내를 들으며 공감을 해주었을 뿐입니다. 그런데 그 가운데 하나님이 역사하셔서 상처를 치유하시고, 가족 간의 관계를 회복시키시고, 하나님 앞으로 나오게 하셨던 것이었습니다.

누구나 타인에게 이야기하기를 좋아하지 다른 이의 이야기를 듣는 것을 좋아하지 않습니다. 그것은 타인이 어려움에 처해있을 때도 마찬가지입니다. 나의 이야기나 경험담을 기반으로 어려움에 빠져 있는 자들에게 충고하려고 하지 그 어려움에 빠진 사람의 심정이 어떤지, 얼마나 힘든지에 대해서는 깊이 관심을 주지 않습니다. 그러나 경험에서 비롯된 충고나 조언은 결코 힘든 상황 속에서 괴로워하는 사람들에게 큰 도움이 되지 않습니다. 마음의 병은 나의 솔직한 고백이나 이야기를 혼자서만 간직하기에 생기기 때문입니다.

하지만 아픔을 가진 사람들의 이야기를 들어주는 것은 어떠한 위로보다도 큰 힘을 지닙니다. 내가 그 환자에게 해준 것은 특별한 것이 아니었습니다. 그저 그녀가 다른 사람에게는 질책 받을까 봐 함부로 꺼내지 못하던 이야기를 들어주고, 그녀가 올 때 옆에 있어주었을 뿐입니다. 그 속에서 그녀는 큰 위로를 받았고, 더 나아가 하나님의 존재까지 느꼈습니다.

지금도 심방을 가기 전에 예배실에서 항상 기도를 합니다. '나의

두려워 말라
내가 너와 함께 함이라

이야기, 나의 하나님'에 대하여 이야기를 하는 것이 아니라 '그 사람의 이야기, 그 사람의 하나님'에 대하여 듣게 해 달라고, 그리고 그 안에서 하나님께서 역사하셔서 위로하시고 치유해 달라고 말입니다.

살아있음에 감사

전도사 백승자

나는 유복한 가정의 사남매 중에 막내로 태어났습니다. 운수업을 하셨던 아버지는, 여러 동생들을 대학까지 마치게 하실 정도로 교육에 열의를 가지신 인자한 분이셨습니다. 꼬마 시절을 기억하면, 우리 집은 큰집이었기 때문에 명절 때마다 북적였고 정신없이 분주했습니다. 그래서 때때로 '난 커서 조용히 살고 싶다'는 생각을 많이 했습니다. 어쩌면, 지금 이렇게 홀로 살고 있는 것도 그 때문일지도 모릅니다. 나를 낳아주신 어머니는 삼촌 결혼식에서 음식을 잘 못 드시고는 위암으로 3년 동안 앓다가 내가 아홉 살 되던 해에 돌아가셨습니다. 어머니를 떠올려 보면, 어머니는 늘 아파 누워 계셨고 약으

두려워 말라
내가 너와 함께 함이라

로 살아 가서서 어머니에 대한 애틋한 정이 별로 남아 있지 않았던 것 같습니다. 얼마 지나지 않아 아버지께서는 재혼을 하셨습니다. 나는 돌아가신 어머니에 대한 슬픔보다는 예쁘고 젊은 새엄마가 생긴다는 그 자체에 얼마나 좋아하고 행복했는지 모릅니다.

누군가를 잃어버렸다는 상실의 아픔을 느낀 것은 아버지가 돌아가셨을 때였습니다. 헤어짐의 고통이 너무 크고 아파서 나는 마음속으로 '결혼하지 않으리라'고 다짐했습니다. 너무 슬픈 나머지 감정을 다스리지 못하고 우울증에 빠진 나는 청춘 시절의 한동안을 몹시 힘들게 보냈습니다. 상실의 아픔, 허탈함, 산다는 것의 허무함… 삶의 매 순간이 싫고, 죽고 싶을 만치 힘든 세월이었습니다. 그러던 어느 날 집에 침을 놓으시러 오시는 집사님께서 하나님을 믿지 않겠냐고 권하셨습니다. 하나님을 믿게 되면서 상실의 아픔을 조금씩 치유 받고, 우울증도 점차 극복할 수 있었습니다. 그것은 주님을 영접한 후받은 큰 은혜였습니다.

아버지가 돌아가신 후, 새어머니가 아버지 회사를 운영하고 계셨을 때 또 하나의 사건이 일어났습니다. 사기꾼이 새어머니에게 접근해서 우리 집 재산을 다 가로채 간 것이었습니다. 그 사람은 어머니에게 3년 동안 계획적으로 접근했고, 순진했던 새어머니는 모든 재산을 사기당하고 말았습니다. 당시 주님의 은혜로 우울증에서 벗어나 유학을 준비하고 있었던 나는 그 사건으로 유학을 포기했습니다. 그리고 하루아침에 바뀐 환경을 탓하면서 또다시 우울증에 시달렸습니다. 세상이 싫어서 도피하듯 기도원만을 전전했습니다. 정말 암흑의 순간이었습니다. 지금 생각해보면 물질의 교만이 있는 나를 올바른 사람으로 만들고자 하신 하나님의 사랑의 섭리입니다. 물질의 풍요로움 때문에 나는 참 교만했습니다. 그런데 없는 사람들의 마음을 헤아릴 줄 아는 긍휼함을 배우라고 하시는 것 같았습니다. 친구들이 하나하나 시집가서 애를 낳고 행복하게 새 인생을 사는 것을 보며 나의 청춘 시절을 낭비한 것은 아닌지 후회하기도 했지만, 주님께서 나의 삶에 은혜로운 계획이 있다는 것을 깨닫게 되었습니다.

그러던 어느 날 나는 유방암 선고를 받았습니다. 나는 너무 황당하고 억울하고 속상했습니다. 이때 심정을 어떻게 말로 표현하겠습니까? 그래서 처음에는 수술도 받지 않으려고 했습니다. 하나님을 믿지 않던 의사선생님은 "기독교인들은 참 이상합니다. 암 선고 받으면 싹 사라졌다가 다 죽게 된 다음에 나타납니다. 수술하면 1-2년은 더 사는데"라는 황당한 말을 했습니다. "넌 싸질러 놓은 자식도, 남편도 없는데, 죽으면 천국 가고 살면 살고 손해 볼 것 하나도 없다"라는 언니의 거친 말이 오히려 위로가 되었습니다. 결국 2006년 8

두려워 말라
내가 너와 함께 함이라

월에 수술대에 올랐습니다.

수술하고 1-2년밖에 못 산다던 내가 어느덧 11년 넘게 살고 있습니다. 신실하신 명성제일교회 담임목사님과 교인들의 사랑과 기도 덕분에, 정말 주님의 사랑 덕분에 나는 이렇게 살고 있습니다. 내가 섬기는 교회의 모든 교인과 권사님들이 기도하셨다는 이야기를, 특히 한 권사님은 금식하며 하나님께 매달렸다는 말씀을 들었습니다. 정말 주님의 크신 사랑이 이루어낸 기적입니다. 나는 주위 분들에게 사랑의 빚을 너무 많이 졌습니다. 이후 항암치료가 너무 힘들었지만 목사님께서는 안수기도를 해 주셨고 성도님들은 예배드릴 때마다 나를 위해 기도해 주셨습니다. 나 같은 죄인을 주님께서 죽음의 고통에서 건지셔서 새 삶의 기쁨으로 인도하신 것입니다.

주님께서는 나에게 함께 삶을 꾸려갈 배우자를 주시지는 않았지만 주위에 사랑을 나눌 수 있는 좋은 교인들과 지인들을 만나게 해 주셨습니다. 정말 외로운 삶 가운데에서도 많은 만남의 축복을 허락하셨습니다. 이제 주님의 은혜로 이 아픔을, 나의 고통을 통해 주님의 사랑의 빚을 갚으라고 '세브란스병원'에서 환우들을 도울 수 있는 사역의 길도 열어 주셨습니다. 주님께서는 내게 남들처럼 평범한 가정을 꾸리고 행복을 누리는 삶이 아니라 나의 아픔과 고통과 외로움을 통해서 주님의 사랑을 실천하라고, 주님의 사랑을 전하면서 남들이 하기 어려운 특별한 사명을 감당하라고 하셨습니다. 이제 내게 주신 여분의 삶을 아픈 사람의 고통을 품고 감싸 안으며 살고 싶습니다. '나의 목소리, 나의 색깔대로 예쁘고 보람되며 아름다운 화원을 가꾸어 가리라'라고 다짐해 봅니다. 늘 주면서 채워지는 가슴처럼 행복함을 느낄 수 있는 천사의 심정으로, 날개 없는 천사의 삶으로 나의 삶을 채워가려고 합니다.

수술 전 처치실에서 암 환자를 위해 기도해 드리는데 한번은 어떤 유방암 환우가 두 번째 유방암 수술이어서 더 떨리고 불안하고 힘들다고 하셨습니다. "환자분, 너무 떨지 마세요. 저도 유방암 수술 두 번 했어요. 가슴이 하나도 없어요. 다 가짜예요."

첫 번째 수술 후 가슴 한쪽이 없으니까 몸의 균형이 안 맞고 비뚤어지고 쇄골 뼈가 튀어나오기까지 했습니다. 여러 가지 사정으로 성형을 하지 않으려고 했는데 저를 늘 아끼시는 주치의 선생님께서 성형수술을 위해 검사만이라도 해보자고 권유하셔서 검사하다가 온전하던 가슴에서 암을 발견하였고 암 제거 수술과 성형수술을 받았습니다. 선생님께서 강력하게 권유하지 않으셨다면 나는 지금 이 세상 사람이 아니었을 것입니다.

생각해보면 주님께서 새 삶을 허락하시려고 모든 것을 계획하신 것 같습니다. 새로 주어진 삶에 매 순간 감사하며 암 투병과 아픔을 통해 주님께 쓰임 받고, 나와 같이 암으로 고통받고 있는 환우들을 위해 기도하고 위로하고 힘과 용기를 줄 수 있는 지금에 늘 감사하고 있습니다.

한번은 체구가 좋으셨던 한 남자 환자분이 너무 많이 떨린다고 하셔서 기도해 드리고 재미있는 말씀을 해드렸더니 막 웃으시면서 내 덕분에 불안한 마음을 해소하고 수술실에 들어갈 수 있어서 감사하다는 인사를 전하시는데, 큰 보람을 느끼기도 했습니다.

병실에서 만났던 한 여자 환자분은 오랜 기간 힘든 모습으로 계셔서 나의 경험담을 말씀드리고 "모든 상황에 미리 감사하면 어떠실까요?"라고 권면해 드렸더니 표정이 밝아지시면서 "오늘부터라도 기도를 바꿔야 되겠네요"라고 말씀하셨습니다.

다음 날 병실을 심방하니 상태가 좋아져서 며칠 후 퇴원 예정이라고 하셨습니다. 감사하는 기도와 긍정적인 마음이 환자분을 호전시키는 데 도움이 된 것 같아 매우 기쁘고 감사했습니다. 같은 병실에 계시던 다른 환자분이 오랫동안 입원하셨던 분이 좋아지시는 모습을 보고 나에게 기도 요청을 해 오셨고, 힘들고 어려웠지만 감사하며 열심히 생활해 왔던 나의 삶을 나누었습니다. 이분도 퇴원하셨습니다. 우리들의 마음가짐이 병 상태도 호전시킴을 경험할 수 있었습니다.

나는 학생들에게 과외 수업을 하며 생활했기 때문에 공부를 더 하기 위해 연세대학교 대학원을 다녔습니다. 그때 했던 공부가 계기가 되어 이렇게 주님의 일을 하게 될 줄은 몰랐습니다. 11년 전, 수술해도 1-2년도 못 살 것이라는 기막힌 소리를 듣고 수술을 안 하려고 했던 막막하던 그때를 생각해봅니다. 삶을 되돌아보니 유방암에 걸려 고생한 것조차도 하나님의 은혜이고 그 가운데 하나님께서 인도해 주셨음을 인정할 수밖에 없습니다. 보기에는 건강해 보여도 걸어 다니는 종합병원인 내 자신이 살아 있어서 감사하고 봉사할 수 있음에 감사합니다. 이제껏 살아온 날보다 주님께로 갈 시간이 가깝겠지만 육체의 연약함을 통해 하나님께 가까이 가는 디딤돌이 되게 해 주시고 예수님의 고난을 조금이나마 알게 해 주셨습니다. 나의 삶이 세상의 눈으로 보면 실패한 인생일지 모르겠지만, 주님의 시선으로 보면 고난과 연단 후에 베풀어 주신 축복이라 여기며 항상 기쁨과 감사로 행복한 나날을 보내고 있습니다.

두려워 말라
내가 너와 함께 함이라

미리 결론 내지 말고 하나님을 바라보자

전도사 김성애

벌써 5년이라는 시간이 지났습니다. 2013년 12월 24일, 성탄절을 앞두고 병원에서는 입원한 환자들을 위한 성탄선물 나눔, 집에 못 가는 환자와 보호자들을 위한 음악회, 교직원들을 위한 성탄절 예배 등 많은 행사가 줄지어 있는 상황이었습니다. 갑작스럽게 걸려온 어느 택시 기사의 전화는 83세 되신 친정어머니의 교통사고 소식을 알렸습니다. 그 분주한 시간에 그 복잡한 응급실에서 어머니를 보자니 참으로 기가 막힌 상황이었습니다. 골반뼈 양쪽이 부러졌는데 수술할 수 있는 부위가 아니어서 그냥 누워 있으며 뼈가 붙기를 바라야 했습니다. 잘 알고 지내는 의사 선생님께 여쭤 보니 부러진

골반뼈는 가만히 누워 있으면 회복되지만, 연로하신 분들이 계속 누워 있다 보면 장기 기능이 저하되는 데다 뇌의 활동이 줄어들고 욕창도 생길 수 있어서 회복되는 케이스가 거의 없다고 했습니다.

병원에서는 입원이 불가한 상황이라서 사고 당일 응급실에서 강제 퇴원하고 어머니 혼자 사시는 집으로 모시고 와서 오빠네 가족과 번갈아 가며 어머니를 돌보았습니다. 식사며, 화장실 이용과 옷 입기 등 손이 가지 않는 것이 없었습니다. 각자 직장에 다니랴 집안 일 돌보랴 바삐 살다 보니 시간을 맞추는 것도 어려웠고, 장기적으로는 가족들이 모두 지칠지도 모르는 현실과 마주하자 어머니를 요양병원에 모시는 것을 고려하지 않을 수 없었습니다. 간병인을 구해 어머니를 돌봐 드리고, 식사도 해결하면 좋겠다는 생각으로 동네의 요양병원을 찾았습니다. 그런데 막상 요양병원에 가보니 어머니가 이곳에 오신다면 며칠 안 되어 돌아가실 것만 같은 기분이 들었습니다. 그야말로 희망이 없는 사람들이 모여 있는 것처럼 보였는데 우리 어머니가 그곳에 계셔야 한다고 생각하니 너무 슬프고 가슴이 미어졌습니다. 요즘엔 좋은 시설을 갖춘 요양병원이 곳곳에 생겨나고 있고 재활의 가능성이 있는 환자들이 모여 있지만, 그때 우리가 가본 곳은 아무래도 마음이 놓이지 않는 곳이었습니다.

우리는 어머니의 병색이 좋아지지 않으리라는 생각으로 요양병원이라는 최후의 방법을 택하려 했었습니다. 그러나 남편의 생각은 달랐습니다. 교회에서 많은 어르신 환자들을 봐온 남편은 일반 정형외과에 입원하여 경과를 보자는 제안을 하였습니다. 지인에게 병원 소개를 받아 5개월 가까이 입원 치료를 받는 동안 여러 가지 일이 생겼습니다. 계속 누워 계시니 변비와 소화 장애가 생기고, 다음에는 욕창이 생겼습니다. 병원이 길가에 있던 탓에 자동차 소음 때문에 불면증을 겪는 등 힘든 시간을 보내야 했습니다.

늘 기도하시는 어머니는 앉아서 기도를 드리는 습관 때문에 자꾸만 무의식적으로 앉으려고 하셔서 누워 기도하시기를 권했습니다. 처음에는 어떻게 기도를 엎어져서 하냐고 하시던 어머니는 앉을 수도 없고 기도를 안 할 수도 없어 결국 누워서 기도하셨습니다. 많은 사람들의 걱정 어린 방문에 늘 반가워하시며 감사하셨고, 오신 분들을 위해 늘 중보 기도를 하셨습니다. 몸을 가누기는 어렵지만 신앙의 힘으로, 긍정의 아이콘으로 지내다가 어느 날 뼈가 99% 붙었다는 결과를 받게 되었습니다. 퇴원하신 어머니는 아버지가 돌아가신 후로도 오랫동안 혼자 지내던 넓은 아파트를 정리하시더니 아들과 딸의 집의 중간 지점 5분 거리에 작은 평수의 아파트를 구해 잘 단장하고는 새로운 삶을 시작하셨습니다. 30년 가까이 사신 데다 아버지와의 추억이 있는 정든 곳이라 이사 후에 힘들어하시고 속상해

하시지 않을까 걱정했던 가족들의 예상은 완전히 빗겨났습니다.

저는 병원에서 근무한 지 28년이 되었습니다. 오랜 세월을 환자와 보호자들과 함께하면서 적지 않은 예배를 드렸습니다. 병원에 있는 환자들은 가끔 재입원하는 경우가 있긴 하지만 대부분 시간이 지나면 퇴원하기 때문에 병원에서의 설교는 주기적으로 다시 사용할 수 있습니다. 한 번 했던 설교를 다시 하면 더 깊고 진한 맛을 내주기에 아주 좋은 재료가 되기도 합니다. 특히 출애굽 과정에서 홍해를 건너는 장면을 담은 출애굽기 14장 10-14절 말씀을 인용할 때면 매번 깊고 진한 감동이 있습니다.

바로의 포악함 아래 고통당하던 이스라엘 민족을 보신 하나님은 모세를 지도자로 세우고 애굽을 나가게 하십니다. 출애굽하는 이스라엘 민족을 가로막은 것은 홍해였습니다. 앞에는 홍해가 막고 있고, 뒤에는 마음이 강퍅해진 바로의 애굽 군대가 추격해 오고 있었습니다. 그들에게는 홍해를 건너갈 장비도 없었고, 애굽 군사와 맞서 싸울 훈련된 군인도 없었습니다. 그들의 두려움은 절망과 불평으

두려워 말라
내가 너와 함께 함이라

로 바뀌어 모세를 원망하기 시작했지만 모세는 그 백성들을 안위했습니다.

> 모세가 백성에게 이르되 너희는 두려워하지 말고 가만히 서서 여호와께서 오늘 너희를 위하여 행하시는 구원을 보라 너희가 오늘 본 애굽 사람을 영원히 다시 보지 아니하리라 여호와께서 너희를 위하여 싸우시리니 너희는 가만히 있을지니라(출 14:13-14).

하나님께서는 모세에게 지팡이를 가지고 손을 내밀어 홍해를 치라고 명하셨고, 모세가 하나님의 말씀에 순종했을 때 물이 갈라지는 역사가 일어났습니다.

이 말씀에서 저는 두 가지를 생각해보았습니다.

첫째로, 이스라엘 백성들은 홍해 앞에서 중간 결론을 내고 있었습니다. 사면초가의 순간에 하나님이 길을 여실 것이라는 믿음을 가졌다면 이스라엘의 신앙이 믿음으로 찬란하게 빛날 수도 있었는데 위기에 빠진 이스라엘은 한사코 모세를 원망하고 말았습니다.

하나님을 향한 온전한 믿음이 없을 때, 우리는 눈앞에 보이는 현실을 두려워합니다. 우리가 갖고 있는 문제에 대한 두려움이 클수록 그 문제는 하나님이라는 존재보다도 더 크게 보이는 것입니다. 우리는 우리의 힘으로는 도무지 해결할 수 없는 한계 상황에 처할 때가 있습니다. 이럴 때 하나님을 원망하기보다는 나의 한계와 무능을 인정하고 하나님을 더 의지하는 기회로 삼아 전능하신 하나님께 도움을 간구해야 합니다. 내게 향한 하나님의 섭리는 계속 임하고 있는데 스스로 낙심하고 포기하고 중간 결론을 내버리고 있는 것은 아닙니까?

친정어머니의 교통사고로 우리 가족은 낙담하고 절망하고 아무것도 못한 채로 미어지는 가슴을 안고 상황만을 원망하다가 중간 결론을 내고 말았습니다. 그때 우리 가족의 모습은 이스라엘 백성의 모습과 같지 않았나 생각해 봅니다.

둘째로, 하나님께서 오늘 우리를 위하여 행하시는 구원을 보아야 합니다. 하나님은 이스라엘 백성들에게 그저 가만히 서서 너희를 위하여 행하시는 구원을 보라고 하십니다. 위기에 처한 이스라엘 백성들이 할 수 있는 일은 아무것도 없었습니다. 자신들의 힘과 능력으로는 홍해를 건널 수 없었고, 훈련받지도 않은 사람들이 병거와 마병을 앞세운 애굽 군대와 맞서 싸울 수도 없었습니다. 이때 이스라엘 백성들이 할 일이라고는 그저 가만히 있는 것뿐이었습니다. 바로 우리의 힘과 능력으로는 아무것도 할 수 없는 때와 같습니다. 자신의 능력으로 할 수 있는 일이라면 최선을 다해 그 일을 해야 합니다.

그러나 아무것도 할 수 없을 때, 이 말씀을 기억하며 묵묵히 참고 인내하고 기다리면서 하나님의 구원의 손길을 바라보아야 합니다.

믿음이란 무엇입니까? 믿음이란 이해할 수 없고, 해석되지 않는 일들 앞에서 내가 중간 결론을 내리지 않는 것입니다. 히브리서 11장 믿음 장에 나오는 사람들에게는 공통점이 있습니다. 고통을 겪었지만, 결코 자기 스스로 고통에 대한 중간 결론을 내리지는 않았습니다. 이해되지 않고 해석되지 않는 것을 억지로 설명하려 하지 않았습니다. 모르는 것은 모르는 것입니다. 그들은 도무지 이해할 수 없는 일에 대한 결론을 내릴 자격이 없음을 알고 있었습니다. 중간 결론을 내리는 것은 오직 주인이신 하나님밖에는 할 수 없으며, 그것을 알았기에 하나님께 문제를 맡긴 채 그들은 묵묵히 믿음으로 하나님만을 바라보았습니다.

이것이 왜 중요할까요? 이해되지 않는 일에 대해 내가 결론짓지 않는 것은 하나님께 '기회의 문'을 열어드리는 것이 됩니다. 우리들은 내 능력과 힘으로 이 세상을 살아가는 사람들이 아닙니다. 우리는 하나님의 전신갑주로 무장하고 하나님이 주시는 능력으로 살아가는 백성들입니다. 우리가 하나님의 백성으로 살아갈 때, 하나님의 능력과 보살핌으로 살아갈 때, 하나님이 우리들을 이 세상에서 승리하며 살도록 해주십니다.

위 말씀에서 이스라엘이 마주한 전쟁은 창과 칼로 맞서는 군사적인 싸움이 아니라 하나님이 이스라엘을 위해 싸우신다는 사실을 믿느냐 안 믿느냐의 전쟁입니다. 모든 기적은 모세가 하나님의 말씀에 순종한 후에 시작되었습니다. 믿고 순종할 때 하나님이 일하신다는 것입니다. 하나님의 역사하심을 믿고 순종하는 모습을 보일 때, 하나님께서 모든 일을 해결하십니다.

누구나 살면서 이스라엘처럼 진퇴양난의 입장에 처한 적이 있을 것입니다. 그러나 하나님을 의지하고 살면 그 어려움은 하나님의 기적이 일어날 수 있는 환경이 됩니다. 친정어머니에게 일어났던 일이 그렇습니다. 사고 직후에는 정말 진퇴양난이었지만 결국은 하나님을 의지하게 되었고 기적이 일어나는 환경이 되었습니다. 어려움이 닥쳐올 때면 출애굽기 14장 13-14절의 모세의 외침을 통해 어떻게 어려움에 대처할지, 하나님께서 역사하시도록 어떠한 신앙의 자세를 가져야 할지 기억하게 됩니다.

이제껏 연로하신 분들이 완치되었다는 소식이나 뉴스를 접한 적이 없지만 어머니에게 우리 한번 기적을 만들어 보자고 했던 기억은 출애굽기 14장 10-14절의 말씀과 함께 나의 생생한 뉴스가 되어 환자와 보호자들에게 힘을 주었습니다. 이 말씀을 통해 많은 환자와 보호자들이 희망을 갖게 되고 말씀을 전하는 나 역시 살아 있는 증

두려워 말라
내가 너와 함께 함이라

거를 전달할 수 있어서 힘이 납니다.

믿음과 소망을 가진 신앙인에게 하나님은 사랑으로 가장 선한 결론을 내 주실 것입니다. 역경을 마주하고 우왕좌왕하다가 중간결론을 내릴 게 아니라 믿고 기도하는 신앙인이 되길 소망합니다. "믿음과 소망 안에서 주님은 사랑의 역사를 행하십니다."

하나님
얼마나
널 사랑하시는지

목사 한기철

　환우의 육체적 고통에 마음 아파할 수밖에 없는 곳, 그 사람의 어려운 형편 때문에 더욱 마음이 흐트러지는 곳, 기도밖에는 내어줄 것이 없어 가슴 아픈 곳. 이곳은 내가 1년 남짓 경험한 병원 목회의 현장입니다. 이곳은 마치 나사렛 예수께서 인간적인 아픔의 눈물을 보이셨던 '나인성'과 '베다니'의 바로 '그 자리'와 같았습니다. 그와 동시에 이곳은 '베데스다'와 같은 은혜의 현장이기도 했습니다. 하나님께서 얼마나 저를 사랑하시는지 저를 이곳에서 사역하게 인도해주셨습니다.

두려워 말라
내가 너와 함께 함이라

때는 2016년 4월의 어느 날로 거슬러 올라갑니다.

"큰 병원으로 가보세요, 아마 6개월을 넘기기가…."

의사 선생님은 말끝을 흐렸습니다. 사슴과 같은 눈으로 바라보는 두 남매에게 미안해하는 기색이 역력했습니다. 우리 가족에게는 청천벽력과도 같은 소식이었습니다. 아버지께서 간암 4기 환자로 시한부 인생을 사셔야 한다는 사실에 가족들의 마음은 속절없이 무너져 내렸습니다. 그러나 주저앉아 포기할 수 없었기에 우리는 믿음의 경주를 시작하기로 결정했습니다.

실질적으로 아무것도 할 수 없는 상황이었지만, 우리는 마지막 희망을 부여잡고 간동맥색전술이라는 시술을 시작했습니다. 1년 동안 총 세 번에 걸쳐 시술을 한 결과, 지금은 기적적으로 하나님께서 주신 생명을 이어가고 계십니다. 약 11센티미터에 이르는 거대한 악성종양이 간세포를 뚫고 전이의 위험성까지 예측되었지만, 믿을 수 없는 기적이 우리 가정에 찾아온 것입니다. 현재 아버지의 암세포는 3cm 내외로 줄어들어 이제는 다른 치료방법을 통해 완치를 목표로 하고 있습니다. 무엇보다도 연약했던 아버지의 신앙이, 하나님의 사랑에 대한 확증과 믿음의 성숙으로 이어진 것이 너무나 감사할 따름입니다.

아버지의 치료과정을 통해 죽음 앞에서 살고자 몸부림치는 영혼들의 절규를 몸소 경험했습니다. 그리고 그 안에서 그들을 향한 단순한 긍휼의 마음이 아니라, 세심한 배려와 돌봄이 필요함을 인식했습니다. 고통이 일상이 되어버린, 그들의 특별함을 이해하게 된 것입니다. 하나님께서는 목회의 과정 가운데서, 새로운 목회의 지평을 열어주시기 위해 나의 인생에 친히 개입하시어 나를 이곳으로 이끄셨습니다.

내가 이곳에서 생생하게 느낀 바를 자신 있게 전할 수 있는 것은, 주님께서 이곳에 살아서 역사하고 계시다는 것입니다. 주님은 친히 기름 부어 세우신 사역자들을 통해서 주님의 자녀들을 돌보시고, 하늘의 은총을 공급하고 계십니다. 의사들과 간호사들의 손을 치료와 회복의 도구로 삼으셨다면, 원목실 목회자들의 기도와 섬김을 희망의 도구로 삼아 모든 환자들을 어루만지고 계셨습니다. 엄청난 사명을 온몸으로 살아내고 있는 귀한 자리에 함께하고 있다는 것이 너무나 자랑스럽습니다.

사실 나에게는 새로운 도전이 필요했습니다. 6년의 시간을 한 교회에서, 매일매일 똑같은 삶의 무게를 견디다 보니 지치게 된 것도 사실이었습니다. 무한 반복처럼 느껴지는 무료함을 견뎌낼 힘이 필요했습니다. '과연 네가 하나님의 소명자가 맞느냐?' 목사 안수를 앞두고 내 안에서는 날마다 이러한 갈등이 마음을 괴롭히곤 했습니다. 목회자로서의 자존감을 짓밟는 사단의 공격에 나 스스로를 지키기도 버거웠습니다. 나의 마음은 만신창이가 되었고 아내의 도움이 없었더라면 사역을 내려놓았을지도 모릅니다.

그러나 하나님은 나를 사랑하시어 병원 목회의 현장으로, 그것도 국내 최고의 기독병원인 세브란스병원의 원목실로 인도하셨습니다. 내가 왜 목사가 되어야 하는지를 이곳 세브란스에서 온몸으로 느끼게 된 것은 하나님의 분명한 이끄심 덕분입니다. 하지만 처음 해보는 병원 사역이 그리 만만한 것은 아니었습니다. 무엇보다도 환자들을 대하기가 두려웠습니다. 어떻게 위로를 해야 할지도 몰랐습니다. 수백 명의 성도들 앞에서도 예배를 인도해봤지만 작은 예배실에 옹기종기 모여앉아 간절한 눈으로 인도자를 주시하는 환우들 앞에서 어떻게 설교를 해야 할지 막막했습니다. 첫 설교 때는 준비한 원고를 덮어둔 채 시편 121편 '눈을 들어 산을 보아라, 너의 도움이 어디에서 오는가'를 즉흥적으로 설교하기도 했습니다. 이분들에게는 잘 정리된 설교문을 읽어 드리는 것조차 죄송하다고 느꼈던 것 같습니다.

병원 사역은 일반적인 교회에서의 사역과는 달리 많은 회중 앞에 설 수도 없고, 갖고 있는 사역의 재능을 드러내기도 쉽지 않은 곳입니다. 이러한 어려움은 새로운 시작의 기쁨과 동시에 또 다른 막막함으로 다가와 나를 사로잡았습니다. 그런데 최근에 수술실 기도에 들어가기 전에 마음을 정돈하기 위해 기도를 하는데 주님께서 이런 마음을 주셨습니다.

"아들아, 이곳에 내가 있다. 그리고 이곳에 네가 필요하단다."

나는 '쿵' 하는 마음의 충격을 경험했습니다. 그리고 수술방에 들어가 수술을 기다리는 환우들을 위해 전심으로 기도했습니다. 자꾸만 눈물이 났습니다. 여러 가지 두려움과 복잡한 마음들이 다 씻겨 내려가는 것을 경험했습니다. 그제야 나는 바로 '하나님의 심정'이어야만 이곳에서의 사역을 감당할 수 있다는 것을 깨달았습니다. 빛이 없고, 이름을 낼 수 없어 낙심될지언정 우리들의 섬김과 헌신은 회복과 구원을 경험하고 있는 환자들 속에서 빛나고 있다는 확신을 갖게 되었습니다. 한 사람의 전인적 치료를 위한 협력자로 주님께서 나를 이곳으로 이끄셨다는 확신을 갖게 되었습니다.

나는 이곳에서 어떻게 복음을 전해야 할까 늘 고민하고 있습니다. 그리고 무엇보다도 진료의 현장에서 복음이 증거 되어야 한다고 생각합니다. 하나님을 모르는 사람들에게는 하나님의 사랑을 전하고,

신앙을 잃은 사람들에게는 하나님과의 관계를 재정립하고 삶의 방향을 바로 잡아주도록 도와주어야 할 필요성을 느낍니다. 또한 이곳이야말로 전도와 선교의 황금어장이라고 하는 생각이 들기도 합니다.

요즘 복음서를 다시 읽고 있습니다. 특별히 예수님께서 행하신 사역들을 다시금 살펴보고 있습니다. 아무래도 사역지가 병원인지라 예수님의 치유 사역에 눈이 많이 가고 있습니다. 수술방에 들어가기 전, 병실 심방을 돌기 전에 주님께서 병자들을 만나시고 치유하신 이야기를 조용히 묵상하고 기도합니다. 오늘 만나는 사람들에게 마음의 회복을 줄 수 있는 치료의 조력자가 되면 좋겠다고 주님께 소원을 이야기하고 있노라면 놀랍게도 복음서에 등장하는 예수님의 사역이 그 어느 때보다 생생하게 다가옵니다. 그리고 주님께서 하셨던 것처럼 나도 간절하게 기도하려고 노력합니다.

이제 갓 원목실 사역을 시작하는 초보 사역자가 내어놓는 고백이 조금은 부끄럽기도 하지만 마음의 병을 앓고 있던 나에게 치유의 빛을 밝혀주시고, 아버지의 전인적인 치유를 내 두 눈으로 경험하게 하시고, 새로운 도전의 기회를 제공해주신 하나님께 감사와 영광을 돌립니다.

두려워 말라
내가 너와 함께 함이라

내 친구
한세정

전도사 김은해

　　내 친구 한세정(1976.3.17-2015.10.4)은 번역가이자 작가, 소설가입
니다. 뇌종양과 1년 7개월 동안 용감히 싸우다 하나님 품으로 간 믿
음의 사람이었습니다. 대학 시절 소설을 매우 잘 써서 학교 문학상
을 받았고, 졸업 후 출판사에 취직했습니다. 나는 대학 졸업 후 2009
년 미국에서 유학 중에 그 친구를 다시 만나 친해지게 되었습니다.
외국에서 혼자 살며 느끼는 어려움과 외로움이 비슷했기에 금세 절
친한 사이가 되었습니다. 한세정은 영미권에서 나온 좋은 책을 번역
하고 직접 동화를 쓰기 위한 자료를 모으며 미국인들에게 한국말을
가르치는 아르바이트를 하면서 이민 생활을 시작했습니다. 2013년

봄, 제가 공부를 마치고 한국으로 귀국한 뒤에도 한세정과의 교제는 이어졌습니다. 시시콜콜한 일상생활에서부터 하나님과의 관계, 영혼의 깊은 갈망까지 나누면서 우리는 참 많이 통했습니다.

2014년 1월, 갑자기 한세정은 제게 몇 달 전부터 왼쪽 팔과 다리가 저렸는데, 점점 심해지는 것 같아 무섭다며 국제 전화를 했습니다. 그리고 몇 달 후 병원에서 정밀 검사를 한 결과 뇌종양으로 판정을 받았습니다. 그의 종양은 뇌간에 있어서 항암치료 외에는 방법이 없다고도 했습니다. 또, 뇌 조직 검사 과정에서 그만 뇌출혈이 생겼다고 했습니다. 왜 나쁜 소식은 연달아 들릴까요? 저는 너무나 놀라고 미안한 마음에 차마 전화할 용기조차 나지 않았습니다. 친구가 병상에 누워 있는 사진을 자세히 보니 왼쪽 팔과 다리는 축 쳐져 움직일 수 없었고, 스테로이드제 처방 때문인지 몸이 엄청나게 부어 있었습니다. 건강하고 깜찍하던 아가씨의 모습은 완전히 사라져 버렸습니다. 할 말을 잃은 내게 친구는 화학 요법으로 치료하면 종양을 해결할 수 있다 하니 너무 걱정하지 말라며 안심시켜 주었습니다. 자기 같은 환자들을 돌보는 게 얼마나 어렵겠냐 하면서 나의 병원 목회를 위해 매일같이 기도한다고 했습니다. "믿음의 기도는 병든 자를 구원하리니 주께서 그를 일으키시리라"(약 5:15)라는 말씀처럼 하나님께서 정말 우리의 기도에 응답하셨던 걸까요?

2015년 7월, 친구는 정밀 검사 결과 종양이 매우 작아졌다는 소식을 전해왔습니다. 한세정을 위해 기도하고 있던 미국과 한국의 모든 친구들, LA 한인 교회 성도들, 한국의 친구들, 대학의 선후배 모두 뛸 듯이 기뻐하며 축하와 응원을 해 주었습니다. 성경 말씀처럼 히스기야의 눈물 어린 기도에 응답하셔서 15년의 삶을 연장시켜주신 하나님은 능력이 많으신 분이라고 모두가 고백했습니다.

얼마 후, 한세정의 어머니가 다급히 연락을 하셨습니다. "우리 세정이는 하나님의 능력으로 낫기만을 바랍니다. 기도 외에는 방법이 없다고 합니다. 호스피스 병동에서 치료 중입니다." 작아졌던 뇌종양이 갑자기 커져서 더 이상 손을 쓸 수 없다는 것이었습니다. 청천벽력이었습니다. 한 달 전의 결과가 완전히 뒤바뀐 것이었습니다. 일터에서 아픈 사람들 돌보면서 막상 내 친구를 위한 기도를 소홀히 했던 것은 아니었나 싶어 금식 기도를 시작했습니다. 많은 사람들에게 중보 기도를 해 달라고 울며 요청했습니다. 하지만, 우리의 노력과 아무 상관없이 한 달 뒤 친구는 하나님 품으로 떠났습니다. '하나님! 한세정은 서른아홉 해라는 짧은 시간 동안 보석 같은 문학적 재능을 쓰지도 못했어요. 아깝지 않으세요? 수많은 사람들의 기도를 이렇게 무참하게 짓밟으십니까? 친구를 데려가실 거였다면 큰 기대를 걸도록 하지 말지, 어찌하여 우리를 실망시키십니까?' 울고불고 외쳐도 아무 대답이 없었습니다.

병원에서 환우들을 돌보며 상담과 기도를 해주고 있어도 마음 깊은 곳에 있는 무기력과 공허감은 지워지지 않았습니다. 죽음의 힘은 너무나 거셌습니다. 다른 환자들의 고통과 죽음을 마주하는 것에 점점 자신이 없어졌습니다. "슬픔은 빨리 극복해야 해", "바쁘게 일하다 보면 다 잊어버릴거야", "너무 오랫동안 자기 연민에 빠져 있으면 안돼"라고 말하는 가족과 동료들의 충고는 도움이 되기는커녕 공허하게만 들렸습니다. 나와 함께 울어 주기에는 각자의 삶이 너무 바빠 보였습니다. 무의식적으로 죽음을 회피하려는, 살아있는 자들의 욕망 같았습니다.

어떤 사람들에게 나는 계면쩍음을 넘어서는 감정을 불러일으킨다. 나는 죽음의 상징이다. … "죽음은 없다"라든가 "죽음이 중요한 게 아니다"라고 말하는 사람들을 참아내기란 어렵다. 죽음은 있다. 중요하지 않은 것은 없다. 발생하는 무슨 일이건 결과가 있게 마련이며 그 일과 결과는 회복할 수도 돌이킬 수도 없다. 차라리 탄생이 중요하지 않다고 말하는 편이 더 낫겠다.

두려워 말라
내가 너와 함께 함이라

밤하늘을 올려다본다. 이 모든 광대한 시간과 공간 속에서 찾아 보라고 해도 그녀의 얼굴, 그녀의 목소리, 그녀의 손길을 찾아 낼 수 없다는 사실보다 더 확실한 게 어디 있겠는가? 그녀는 죽 었다. 죽어 버린 것이다. 그것이 그렇게 알기 어려운 말인가? … 내게 종교적 진리에 대해 말해 주면 기쁘게 경청하겠다. 종교적 의미에 대해 말해 주면 순종하여 듣겠다. 그러나 종교적 위안에 대해서는 말하지 말라. '당신은 모른다'고 나는 의심할 것이다. … 왜 사람들은 모든 괴로움이 죽음과 더불어 사라진다고 확 신할까? 기독교 세계에서도 절반이 넘는 사람들이, 그리고 동 방에서도 수백만의 사람들이 그렇지 않다고 믿고 있다. 그런데 도 사람들은 그녀가 '안식'한다고 어떻게 확신한단 말인가? 다 른 것은 다 제쳐 두더라도, 남은 사람을 이토록 괴롭게 하는 이 별이 떠나는 사람에게는 왜 고통스럽지 않단 말인가?(C.S 루이 스/강유나 옮김,『헤아려 본 슬픔』, 28-48쪽).

사랑하는 아내를 잃고 외로움과 슬픔을 달래며 글을 쓴 기독교 영 성 작가 C.S. 루이스처럼 나를 위로해 줄 수 있는 사람은 나 자신밖 에 없었습니다. 밤마다 친구의 얼굴을 떠올리며 스스로에게 말을 걸 었습니다.

"성경 말씀은 세 개로 간추려지는 것 같아. 믿어라! 기뻐하라! 사랑하라!"

내 친구 한세정은 이 단순한 말을 남겨 놓고 주님 품으로 갔습니다. 한세정과 이 땅에서 쌓은 우정을 통해 하나님은 내게 이 말을 하고 싶으신 걸까요? 한세정은 내게 영혼의 스승이었을까요? 매일 기도회를 인도하다가 친구가 떠올라 눈물을 쏟고 말았습니다. 이제 난 더 이상 하나님께 누구를 좀 살려달라는 기도를 할 수 없었습니다. 강대상에 서서 말씀을 전할 자신이 없었습니다. 그때였습니다.

"우리가 아무리 좌절하고 절망해도, 아무리 실망하고 낙심해도, 아무리 죽음이 두렵고 무서워도, 하나님은 우리와 함께하십니다! 하나님은 우리를 홀로 내버려 두시지 않습니다! 여러분! 우리가 절망하는 순간, 하나님의 희망은 시작됩니다!"

강대상에서 내가 믿을 수 없는 말을 토해냈습니다. 내가 이 말을 할 자격이 있습니까? 괜히 환자들에게 거짓 희망을 주는 것은 아닙니까? 의심과 두려움에 가득 차 있으면서 무엇을 믿으라고 합니까? 환자와 보호자 모두가 함께 흐느끼고 있습니다. 친구를 잃은 내가 불쌍해서일까요? 자신에게 다가올 미래처럼 느껴져서 울고 있는 걸까요? 도깨비 방망이를 휘둘러 소원을 들어주는 하나님, 알라딘의 마술램프에서 나오는 '지니' 같은 하나님은 없습니다. 병마의 고통과

두려워 말라
내가 너와 함께 함이라

죽음의 공포 속에서 통곡하고 싶은 인간의 흐느낌뿐입니다. 그렇다면, 누군가를 울게 하고 마음을 풀어주는 것이 하나님의 치유란 말입니까? 하나님이 인간의 생명도 구하지 못하고, 단지 마음을 치유하는 존재라면 뭐가 그리 대단하다는 말입니까? 모르겠습니다. 내 기도를 거부하시는 하나님 앞에서 내 영혼이 벌거숭이가 되어 버렸습니다. '주여! 비록 내 기도는 안 들어 주셔도, 이들을 불쌍히 여기셔서 병과 고통에서 해방시켜 주소서.' 기도를 끝내고 나니, 갑자기 환우 한 분이 예배에 오고 싶다고 해서 병실로 올라갔습니다.

뇌종양 수술을 받은 지 얼마 되지 않은 분인데, 너무 불편해 보입니다. 왼쪽 마비 때문에 혼자서 앉거나 서거나 누울 수가 없습니다. 자신은 건강할 때 종교를 가진 사람들이 너무 허무맹랑한 것을 믿는 어리석은 사람들인 줄 알았는데, 몸이 아프고 중대한 수술을 받다 보니 누군가에게 의존할 수 있고, 믿음으로 버텨내는 사람들이 너무 부럽다고 말을 겁니다. 다 시들어 버린 풀과 같은 몸을 휠체어에 걸치고 나서 "예배 드리러 가요"라고 말하는데, 갑자기 한세정이 떠오릅니다. 친구가 투병하는 모습도 이랬을까요? 환우의 휠체어를 밀어주는데, 눈물이 터져 나와 입술

을 깨물었습니다. '단 한 번도 한세정이 입원한 병원에 가서 휠체어를 밀어준 적도, 숟가락을 떠서 밥을 먹여준 적도 없는데, 이렇게 다른 분을 돌보고 있다니! 한세정! 나 이분 정성스럽게 모셔다 드릴게. 네게 못 해 준 것 여기 있는 분들에게 대신해 줄 테니, 제발 나를 용서해줘. 지금쯤 고통 없는 그곳에서 나를 보고 웃고 있겠지?'

몇 달이 흘러, 친구가 투병하면서 남긴 글을 정리하게 되었습니다. 마비 때문에 손가락이 잘 움직여지지도 않았는데, 그럴수록 더 열심히 썼다고 합니다. 친구가 남긴 글을 곱씹어 읽다가, 혼자만 보기가 너무 아까워서 환우를 위한 설교에 친구의 말을 소개했습니다.

내가 아프면서 새로 알게 된 것은 하나님께서 우리들과 너무나 가까이 지내기를 원한다는 사실이에요. 난 하나님이 얼마나 나를 사랑하고, 나와 친하게 지내고 싶어 하는지, 얼마나 겸손하신 분인지 몰랐어요. 나를 얼마나 사랑하셨길래 십자가에서 발가벗겨지고, 수모를 당하셨겠어요. 뇌종양과 뇌출혈이 왔다는 것을 알았을 때, 이상하게 좌절보다는 감사가 떠올랐습니다. '이제 내가 다시 걷게 된다면 죽는 날까지, 내가 내딛는 한 발짝을 결코 당연하게 여기지 않게 되겠구나' 하는 생각이 들었습니

두려워 말라
내가 너와 함께 함이라

다. 걷는 것은 하나님의 선물이었습니다.

저는 늘 인생은 스스로 노력해야 한다고 생각해왔습니다. 하지만, 뇌종양이 생기고 나서야 내가 다른 사람들에게 의존할 수밖에 없는 존재임을 알게 되었습니다. 다른 사람들이 없으면 저는 아무것도 할 수 없습니다. 내 노력에 대한 스스로의 집착을 내려놓을 수밖에 없게 되자 비로소 이 세상은 사랑이 가득한 곳이라는 것을 믿게 되었습니다. 저는 참 행복한 사람입니다. 병을 통해 다시 내가 연약한 인간임을 고백하게 되었고, 십자가 앞으로 나오게 되었습니다. 내 멋대로 살 때에는 이 세상은 너무나 차갑고 외로운 곳이었지만, 병을 얻게 되니 이 세상은 하나님의 사랑이 가득한 곳이었습니다. 아프기 전에는 몰랐습니다. 그전에는 고통 중에 있는 사람을 보면 머리를 써서 위로의 말을 찾았지만, 이제는 가슴에서부터 눈물이 나옵니다.

저는 얼마 전까지만 해도 말씀을 아름답고 구도자적 언어로 해석한, 무신론자들에게 들려준다 해도 부끄럽지 않을 고상한 설교를 좋아했습니다. 하지만, 지금은 초등학생들이 들어도 알만한, 십자가에서 흘린 예수님의 피를 보고 마귀가 줄행랑쳤다는 것처럼 원초적인 메시지가 다가옵니다. 이 가장 강력한 메시지를 통해 다시 고백합니다. '나는 예수님과 함께 죽었습니다. 그리고 예수님과 함께 부활할 것입니다.' 제가 이렇게 고백했을 때, 사탄이 진정으로 괴로워하며 창백한 얼굴로 그 자리를 떠나는 것을 느꼈습니다.

친구가 하나님 품으로 떠난 1년 뒤, 40대 후반 여성 환우가 뇌에 종양을 제거하는 수술을 끝냈으니 기도를 해 달라고 요청하셨습니다. 병실에 올라가 보니, 내 예상과는 달리 너무나 편안한 모습이었습니다. 그분은 제게 살아온 이야기를 하셨습니다.

저는 작년 봄, 난소 육종 암이라는 희귀 질환을 진단 받았습니다. 항암 치료를 받는 3개월 동안은 병에 걸렸다는 사실을 받아들이기 힘들었습니다. 가족들과 교회에서 친한 친구 몇 명에게만 이야기했어요. 엄마가 목사였고, 모태 신앙인인 제가 이런 병에 걸렸다는 게 자존심이 상했습니다. 얼마 전 재검을 했는데 의료진이 암이 뇌로 전이 되었다며 빨리 수술을 받아야 한다고 했습니다. 너무 억울했습니다. 수술을 앞두고 집 근처에 있는 교회에 새벽 기도를 나가며 알게 된 목사님을 불렀습니다. '목사님! 저 천국 갈 수 있을까요?' 이게 웬 질문입니까? 그동안 구역장, 성가대원으로 활동하며 예쁜 옷 입고 사람들 앞에 나가 찬양하던 내가 죽음이 두려웠던 것입니다. 원래부터 다니던 모 교회 목사님에게는 차마 묻지 못할 질문이에요. 그 목사님은 '그 누구도 우리 공로로 구원 받을 수 없지만, 예수의 보혈의 공로로 천국에 갈 수 있습니다. 창세기 15장 1절을 기억하세요. 아브람아 두려워 말라 나는 너의 방패요 너의 지극히 큰 상급이니라'라고 말씀하셨어요.

그때 제 마음이 뻥 뚫리고, 눈물이 흐르며 고백이 터져 나왔습니다. '하나님! 제가 지금까지 주님을 잘못 믿었어요. 저는 가장 좋은 모습, 사람들이 칭찬하는 것으로 하나님께 영광을 돌린다고 믿었어요. 돈과 아이들의 교육, 남편의 사회적 지위를 자랑하며 살았습니다. 이제 하나님은 저를 있는 모습 그대로 영광을 받으시겠다고 하시는군요. 저는 이제 죽음이 두렵지 않습니다. 이미 천국 시민이니까요. 살아도 하나님의 것이고, 죽어도 하나님의 것 아니겠어요? 하나님께서 저를 Royal family로 삼아주셨으니 감사할 뿐이에요.' 남아 있는 가족들은 하나님께 맡겨 드렸습니다. 하나님께서 부르시면 '네, 알겠습니다' 해야지요. '하나님! 조금만 더요, 더 누리다 갈게요'라고 한다면 로열패밀리로서 너무 창피하잖아요.

죽음 앞에서 용감했던 환우의 증언은 내 친구 한세정의 마지막 고백과 닮아 있었습니다. 병을 통해 더 깊은 믿음의 세계를 체험했던 것, 지금까지 감사하지 못했던 것을 감사하다고 고백했던 것, 병을 낫게 해 달라는 기도보다는 하나님의 뜻을 따르게 해 달라고 고백했던 것 모두 말입니다. 친구의 죽음을 한참 슬퍼하고 있었을 때 한 지인이 건네 준 위로의 말을 잊지 못하겠습니다.

　　하나님은 우리가 허락하지 않으시면 절대로 그분의 곁으로 데려가지 않으셔. 내 아들도 뇌종양을 앓다가 하나님 곁으로 갔어. 참 깨끗하고 맑은 아이였어. 한세정도, 내 아들도 우리 모두가 도달해야 할 깨끗한 영혼이 되면 그때 하나님의 뜻을 받아들이게 되나 봐. 어쩌면 우리 모두 이 땅에서 그만큼 성장하고 떠나는 게 아닐까?

　　내 친구는 짧은 삶을 살았지만, 믿음의 승리자였습니다. 친구의 고백처럼 저도 그때가 되면 이 세상은 하나님의 사랑이 가득한 곳, 하나님의 사랑을 배우고 떠나게 되어 아름답고 고마운 곳이라고 말하고 싶습니다.

두려워 말라
내가 너와 함께 함이라

고통을 넘어 희망으로

목사 김병권

연세암병원의 95병동 903호에 들어서자 유난히 얼굴에 환한 미소를 띠며 동그란 눈으로 나를 맞이하는 한 분이 있어 인상적이었습니다. 그분은 올해 49세가 되시는 이유미 집사님입니다. 몇 번을 만나며 느끼게 되는 점은 뭔가를 많이 저에게 말씀해 주시려고 한다는 것입니다. 그도 그럴 것이 그녀는 현재 말기 암 환자입니다. 잔잔히 풀어 놓는 그분의 이야기를 한번 들어 보실까요?

저는 약 7년 전 어느 날 팔이 너무 아파 병원을 찾았습니다. 얼마 전 비슷한 증상을 앓았던 터라 아무것도 모른 채 "선생님, 석회인거 같아요. 잘 치료해 주세요!"라고만 말씀드렸습니다. 석회 같다며 마음 놓고 앉아 있던 내게 의사 선생님은 초음파 결과를 놓고 빨리 큰 병원으로 가라며 추천서를 써주셨습니다. 왠지 마음이 좋질 않았는데 특진으로 빨리 잡아 주신 검사의 결과는 '전이성 유방암 4기, 수술 불가'였습니다. 게다가 입원 당시 이미 암은 임파선을 타고 척추까지 전이되어 손을 쓸 수 없었고, 길어야 6개월 살 수 있다는 주치의 선생님의 말은 청천벽력처럼 들렸습니다. 그런데 충격이 너무 크자 오히려 담담해졌고, 아무 생각이 없었습니다. "이미 말기로 손을 쓸 수 없다." 그렇다면 삶의 질을 위해서라도 항암을 시작하기로 했습니다. 다행스럽게도 6차까지한 항암 치료가 큰 효과가 있었습니다. 하나님은 저의 기도를듣고 계셨습니다. 사실 그 당시 아버지가 교회에 한번 나가보자고 하셨습니다. 무슨 일이 있으면 굿을 하고 부적도 직접 붙이곤 했던 나에게 아버지가 교회에 나가자고 말씀하신 것은 큰충격이었습니다. 그러나 지푸라기라도 쥐고 싶은 심정에 그렇게 하였습니다. 그 이후로 하나님을 알아가기 시작했습니다. 지금 아버지는 돌아가시고 계시지 않지만, 어머니는 지금도 딸인저를 위해 새벽마다 기도해 주시고 계십니다. 아버지께서는 돌아가시기 전에 찬양을 불러 달라는 유언을 하셔서 무려 5시간

두려워 말라
내가 너와 함께 함이라

동안 찬양을 불러드리자 비로소 편안히 눈을 감으셨습니다. 정말 그 당시 의지해야 할 분은 오직 주님밖에 없었습니다. 새벽 기도도 열심히 다녔고, 기도원도 다니며 열심히 기도했습니다. 그러자 3, 4년 동안 기적처럼 점차 몸이 좋아졌습니다. 하던 일도 병행할 만큼 건강이 많이 회복되었습니다.

그러나 작년부터 갑자기 몸이 악화되었습니다. 주치의 선생님은 "전이성 유방암은 거의 대부분 5년을 못 넘깁니다. 지금까지 7년을 사신 것도 기적입니다. 앞으로 약 1년 정도 더 산다고 보시면 됩니다"라고 말씀하시는데, 다시 한번 가슴이 '쿵' 내려앉는 것 같았습니다. 현재는 건강한 장기보다 암이 퍼져 있는 곳이 더 많습니다. 어깨, 가슴, 갈비뼈, 고관절, 골반, 척추, 골수, 간, 장… 통증으로 따지면 너무 힘들 수밖에 없습니다. 그러나 돌이켜 보면, 사랑하는 사람과 하나님의 말씀을 볼 수 있는 눈이 있으며, 사랑하는 사람의 음성과 찬양을 들을 수 있는 귀가 있으며, 사랑하는 사람에게 편지를 쓸 수 있는 손과 다가갈 수 있는 발이 있음이 정말 감사합니다. 제게 시간이 주어진다면 100명 정도만이라도 구원받고 세례를 받아 하나님을 알 수 있게 되기만을 원합니다. 그러나 7년이나 더 살게 하셨으니 지금이라도 하나님을 만나러 간다면 그것으로도 족합니다.

사소한 것에는 감사하기 힘든데 이번 일을 통해 감사를 배우게 됩니다. 잘 먹을 수 있는 것, 변을 잘 볼 수 있는 것, 잠을 잘 잘 수 있는 것 등 모든 것이 다 하나님의 은혜요, 감사의 조건들임을 깨닫게 됩니다. 나 또한 암이 많고 힘들지만 다른 이들에게 감사를 전파하고 싶습니다. 그냥 모든 것이 감사, 감사하기만 합니다. 사도바울이 내가 약할 때 강함이라 하였듯이, 지금 나의 이 상태에서 불평이 아닌 감사가 터져 나옴은 오직 하나님께서 붙잡고 계시지 않는다면 그 이유를 설명할 수가 없습니다. (이하 생략)

나는 이유미 집사님의 간증을 들으면서 참 많은 생각을 하게 되었습니다. '나라면 집사님과 같은 상황 속에서 그와 같은 고백이 나올 수 있을까?' 집사님의 이야기를 듣자니 하나님께서 저를 이곳 세브란스병원에 오게 하신 일이 생각났습니다.

때는 2008년 여름으로 거슬러 올라갑니다. 아내를 비롯한 네 식구가 큰 포부를 품고 미국 유학길에 올랐습니다. 미국 서부의 사립 대학인 바이올라대학 신학부에 자리를 잡고 공부를 시작하였습니다. 영어공부와 신학공부를 함께 병행해 가는 과정이어서 처음에는 매우 분주하고 힘이 들었습니다. 뿐만 아니라 경제적인 어려움은 늘 우리 가정의 부담이었습니다. 그런데 이상한 일이 벌어졌습니다. 아

두려워 말라
내가 너와 함께 함이라

무리 공부를 하려해도 공부에 집중이 되질 않았습니다. 집중되기는 커녕 자꾸 잡념만 떠오르고 이상한 행동을 하는 등 도무지 공부에 전념할 수가 없었습니다. 그 당시 가정적으로 닥친 어려움 속에 '이러한 일이 왜 일어날까' 생각하며 정신과 상담을 받아보게 되었습니다. 의사 선생님은 '조울증'이라며 너무도 명확하고 단호하게 결과를 말씀해 주셨습니다. 저에게는 당시 '조울증'이라는 병명도 생소하였을 뿐만 아니라 '내가 왜 그런 병에 걸린단 말이야' 하며 강하게 거부하였습니다. 그러나 시간이 지날수록 확연해지는 그 병을 나는 받아들이지 않을 수 없었습니다. 치료를 병행하며 부랴부랴 급하게 3년의 유학생활을 짧게 정리하고 한국으로 돌아오게 되었습니다.

빌리 그레이엄 같은 훌륭한 복음 전도자가 되어 돌아오리라는 나의 큰 포부와 꿈은 어느새 온데간데없었습니다. 도리어 심한 자괴감과 열등감 속에 밖에 나갈 수도 없었고, 그렇게 보고 싶던 친구들 또한 만날 수가 없었습니다. 시간이 지나도 나를 불러 주는 교회나 사람들도 없었고, 나는 더욱 깊은 절망의 나래로 떨어지고야 말았습니다. 아내에겐 무능력한 남편, 아이들에게는 무능력한 아빠, 나 자신에게 있어서도 나는 정말 아무것도 할 수 없을 것 같은 그런 존재였습니다. 아이들 교육문제로 잠시나마 일을 해야겠다는 생각에 밤마다 대리운전도 해 보았습니다. 그러나 도저히 적응이 안 되고 내가 입을 옷이 아닌 거 같아 고민도 많이 했습니다. 이른 새벽 홍청거리는 강남의 거리를 손님을 태우기 위해 서성거리며, 때론 비가 오는 거리를 추적추적 우산도 없이 거닐 때면 '내가 지금 무엇을 하고 있지? 나에겐 언제쯤 희망이 찾아올까?' 하며 야릇한 공상에 빠지곤 했습니다. 그야말로 나의 존재감은 바닥에 나뒹굴었습니다.

그렇게 목회지 없이 목적도 없이 이리저리 떠돌던 나에게 어느 날부터인가 이상한 마음이 들기 시작했습니다. '지금의 이러한 시간도 나중엔 돈 주고도 바꿀 수 없는 시간일 거야. 내게 주어진 시간을 최대한 누리며 즐기자. 항상 최선을 다해 하루하루를 살면 하나님께서도 도와주시겠지….' 그렇게 생각하자 어느 정도 마음이 편해지기 시작했습니다. 대리운전으로 만나는 손님들에게도 어떻게든 최선을 다했습니다. 어떻게 보면 이것이 꼭 목회와도 같다는 생각이 들 정도였습니다. 그렇게 편안하고 기쁘게 일하던 어느 날 우연히 연세의료원 원목실에서 목회자를 구한다는 모집요강을 보게 되었습니다. 그런데 그 순간 제 마음속에 '여기다!'라는 분명한 생각이 들었습니다. 나이도 커트라인에 걸렸던 내가 결국 합격하게 되었고, 그때부터 세브란스병원 원목실에서의 사역이 시작되었습니다. 얼마나 감사하고 감격스러웠는지 모릅니다. 지나고 나니 힘들었던 지난 시간은 지금의 세브란스로 보내시려 했던 하나님의 준비 기간이라는 생각이 들었습니다. 사역을 하게 된 자체만으로도 나에겐 얼마나 기쁘고 감사하던지요.

어린이병원에서 딸과 같은 어린 아이들을 돌보는 첫 2년의 사역, 본관에서 어른 환우들을 돌본 2년여의 사역을 거쳐 지금은 연세 암병원 원목실에서 사역을 하고 있습니다. 병원의 모든 환우들이 저마다 큰 아픔과 고통 속에 치료의 과정을 겪고 있지만 암병원에 와 보니 환우들이 너무도 힘든 싸움들을 하고 있다는 걸 볼 수 있었습니다. 사역을 한다고 하기 이전에 내 자신이 이렇게 살아있다는 것 자체만으로도 감사한 일이었고, 뭔가를 베풀고 드린다는 마음보다 내게 주어지고 얻어지는 값진 것들이 너무도 많은 시간이었습니다.

지금도 나는 나의 질병을 치료하기 위해 애를 쓰고 있습니다. 가끔 하나님께서 왜 나에게 이 무거운 질병의 터널을 통과하게 하실까 궁금해집니다. 돌이켜 보니 하나님께서는 나에게 주신 질병을 통해 더 힘들고 어려운 고통의 터널을 통과하고 있는 많은 사람들을 더욱 이해하고 한 발짝 더 그들에게 가까이 다가가게 하시는 통로로 사용하고 계신다는 생각이 듭니다. 오늘도 행복한 마음으로 병원 사역을 하며 달려 나갈 수 있도록 하신 하나님께 정말 감사드립니다.

그러나 내가 가는 길을 그가 아시나니 그가 나를 단련하신 후에는 내가 순금같이 되어 나오리라(욥 23:10).

제3부

마침내 마음 문이 열리고

: 교역자가 만난 환우들

두려워 말라
내가 너와 함께 함이라

할아버지와 아빠가 버린 아이

목사 공재철

　오래된 일이지만 잊을 수 없는 한 여자 어린이에 관한 이야기입니다. 나는 여느 때와 마찬가지로 내가 맡은 병동의 병실을 차례로 방문하다가 어느 일인실에 들어갔습니다. 네다섯 살 정도의 여자 아이가 보호자 없이 혼자 앉아 있었습니다. 나는 아이가 무서워할 것 같아 곧 나오려고 했습니다. "잘 낫고 건강하렴" 하며 나오려는데 아이가 불쑥 "아무도 나를 안 좋아해"라고 말하는 것이었습니다. 나는 대답을 해주어야 한다고 생각했습니다. "그럴 리가 있겠니? 너를 좋아하지만 어른들은 내색을 잘 하지 않는 거야"라고 답해주었습니다. 그래도 보호자가 없는 병실에 더 머물 생각이 없었습니다. 막 나오려는데 할머니 한 분이 들어오셨습니다. 나는 병원 원목실에 있는 목사라며 인사를 했습니다. 할머니는 방문해주어서 고맙다고 말했습니다. 반기는 반응이었습니다. 할머니는 자리에 앉으시며 내게 불쑥 "목사님, 이 아이는 저주받은 아이입니까?"라고 물었습니다. 나는 여태까지 그런 질문을 받아 본 적이 없어서 좀 놀랐습니다.

왜 그런 질문을 하실까 싶어 아이를 다시 보았습니다. 아이의 윗입술에 수술 자국이 보였습니다. 구순구개열 치료를 받은 흔적이었습니다. 나는 즉각적으로 강하게 대답을 했습니다. "할머니, 세상에 저주 받은 아이는 없습니다! 어린 아이가 무슨 죄가 있다고 저주를 받습니까?" 힘주어 말했습니다. 할머니는 곧 이어서 "목사님, 이런 얘기를 어디서 누구에게 합니까?" 하면서 아이에 관한 이야기를 털어 놓기 시작했습니다. 할머니로서는 그야말로 몇 년 만에 처음으로 쏟아 놓는 한 맺힌 이야기였습니다.

할머니는 그 아이의 외할머니였습니다. 할머니는 당신이 곱게 키운 딸이 목사님 가정의 아들과 결혼을 하게 되었을 때, 너무 기뻤고 복 많이 받은 결혼이라고 생각하며 감사했습니다. 결혼 후 1년 쯤 되어 첫 아이가 태어날 무렵에는 그야말로 온 가족이 아기를 보게 되는 기대로 크게 흥분되어 있었습니다. 그런데 아기가 태어나고 그 아기를 보았을 때 가족들은 아이의 입술 상태 때문에 모두 놀라고 질겁했습니다. 아기의 예쁜 입술이 코 쪽으로 갈라져 있었던 것이었습니다. 놀란 것은 산모만이 아니었습니다. 아이의 아빠도 엄마의 친정 식구들도 모두 크게 놀랐습니다. 그러나 어찌 하랴? 이를 더 이상 숨길 수도 없는 일이었습니다. 시댁 어른들에게도 아이의 상태를 알려야 했습니다. 산모와 외할머니는 정말로 죄인 된 기분이었습니다.

아기에 관해 아기의 할아버지에게 알린 뒤 돌아온 반응은 이들을 더욱 놀라게 하였습니다. 소식을 들은 시아버지 목사님이 "그런 아이는 우리 집안에 들이지 말라"고 엄명을 내렸다는 것이었습니다. 정말로 무서운 명령이었습니다. 그 할아버지는 얼마나 무서운 분이셨을까? 아기의 친아빠도 감히 거역할 수 없었습니다. 이 세상에 태어나 축복과 사랑을 받아야 할 아기는 갑자기 갈 곳이 없었던 것이었습니다. 그렇다고 산 생명을 버릴 수도 없지 않은가? 죄인 아닌 죄인이 된 외할머니는 불쌍한 그 아기를 데리고 집으로 왔고 지금까지 홀로 키우고 계셨던 것이었습니다. 할머니는 아기의 입술 성형 수술을 위해 병원에 오면서도 남들에게 부끄러워 여럿이 함께 지내는 다인용 병실에 가지 못하고 비싼 일인용 병실만 사용해야 했습니다.

누구에게도 말하지 못하고 살아온 할머니의 마음속에서 맺혔던 오랜 한이 눈물과 함께 내 앞에서 쏟아지고 있었습니다. 아이는 할머니가 하시는 말씀을 들으며 그냥 말없이 앉아 있었습니다. 기가 막힌 이야기였습니다. 아이가 "아무도 나를 좋아하지 않아"라고 했던 말이 그냥 건성으로 한 말이 아니었습니다. 무슨 이야기든지 해야겠다는 생각이 들었습니다.

마침 당시 우리 세브란스병원에 계셨던 교수님이 떠올랐습니다. 그분도 태어날 때는 그 아이처럼 입술이 온전하지 못했습니다. 성형외과 의술이 오늘날처럼 발전하지 못했던 시대에 치료 받은 교수님은 입술에 치료 흔적이 남아 있어서 사람들이 쉽게 알아 볼 수 있었습니다. 하지만 병원에서 귀한 직책을 맡고 계셨고 인품이 좋으셔서 병원 내 모든 직원들로부터 존경받는 의사였습니다. 나는 할머니께 그 교수님에 대해 말씀을 해드렸습니다. 그런데 할머니가 내가 하고자 하던 말이 다 끝나기도 전에 불쑥 끼어들었습니다.

"목사님, 이 아이가 얼마나 똑똑한지 아세요? 나는 이 아이를 의사로 키울 겁니다. 이 아이는 의사가 되고도 남아요"라는 것이었습니다. 할머니의 얼굴이 갑자기 환해진 것을 볼 수 있었습니다. 밝은 얼굴을 보자 나는 마음이 놓였습니다. 그동안 할머니의 어두운 얼굴만 보고 자란 아이가 앞으로는 할머니의 환한 얼굴을 보며 살겠구나 하는 생각이 들었기 때문이었습니다. 할머니는 나에게 더 기막힌 이야

두려워 말라
내가 너와 함께 함이라

기를 덧붙였습니다.

"목사님, 이 아이가 이런 말을 했어요. 자기 아빠를 용서한대요."
나는 그 아이의 말에 기가 막혔습니다. 도대체 누가 누구로부터 용
서를 받아야 할 나이입니까? 아이를 낳은 아빠가 기껏 네다섯 살 된
자기 딸에게 용서를 받는 처지라니!

나는 아이의 얼굴을 다시 바라보았습니다. 아이는 예뻤고 총명함
도 얼굴에서 읽을 수 있었습니다. 그러고는 귀여운 자기 아기를 아
버지의 말씀이 무서워 데려가지 못한 아이의 바보 아빠를 생각했습
니다. 아무리 자기 아버지가 무섭더라도 자기가 난 어린 자식을 데
려와 키우지 못하는 그 아빠가 한심스러웠습니다. 그리고 입술이 온
전치 못하다고 집안에 들이지 말라고 한 그 시아버지는 도대체 어디
서 무슨 교육을 받고 목사까지 되었는지 따져 묻고 싶었습니다. 그
는 자기 교회 교인이 그런 아기를 낳아도 버리라고 말할 수 있을 것
인가? 만일 그렇게 말했다간 목회하는 교회에서 목사 짓을 더 이상
못하고 쫓겨나고 말 것입니다.

며칠이 지나 아이가 퇴원하는 날에 할머니는 인사하러 원목실로
나를 찾아왔습니다. 할머니의 표정이 밝아보였습니다. 아이의 표정
이 밝아서 나도 기뻤습니다. 아이는 정말로 예뻤습니다. 나는 아이
가 할머니의 사랑과 밝은 표정을 보면서 훌륭하게 자라도록 축복해

주었습니다. 비록 자기를 낳아준 엄마, 아빠와 함께 살지 못하지만 외할머니의 사랑과 격려를 받으며 꼭 행복하고 건강하게 잘 자라고 잘 살게 되기를 기도해 주었습니다.

가끔 그 아이 생각이 납니다. 아이는 외할머니와 잘 지내고 있을까? 다행히 엄마, 아빠와 함께 살게 되지는 않았을까? 의과대학에 진학을 하였을까? 몇 년 전 병원 교직원채플에서 설교하게 되었을 때 그 아이의 이야기를 전했습니다. 그리고 우리 대학교에 그런 학생이 오면 잘 가르쳐 달라고 요청을 한 적도 있습니다. "아무도 나를 안 좋아해"라고 말했던 어린 여자 아이가 이제는 그 버림받았던 마음의 상처를 잘 싸매고 나아서 정말로 자기 아빠와 할아버지를 용서하고 훌륭한 의사가 되었으면 좋겠습니다.

가족들 앞에 자랑스럽게 자랐을 그 숙녀를 만나고 싶은 사람들 가운데 어리석게도 아이의 외모를 보고 영영 버렸던 할아버지 목사와 겁쟁이 아버지는 다 큰 숙녀 앞에 정중히 무릎을 꿇고 용서를 빌어야 할 것입니다.

태어난 아기는 어떤 모습으로 태어나든 죄나 잘못이 없습니다. 『목적이 이끄는 삶』을 쓴 릭 워렌 목사도 그의 책에서 "이 세상에 태어난 아이들은 죄가 없다. 어른들의 잘못으로 태어난 아이에게도 죄가 없다"라고 강조했습니다. 우리는 오히려 어떤 아기든지 건강하고 온전하게 자라도록 지켜주지 못한, 아기가 당연히 받아야 할 무조건적인 사랑을 주지 못하는 어리석은 어른들에게 죄와 책임을 물어야 할 것이라고 생각합니다.

마침내
마음 문이
열리고

목사 김혜진

강남 세브란스병원에서 병원 사역을 시작한 지 2년이 지난 어느 날, 나는 병실 심방을 하면서 특별해 보이는 한 사람을 만날 수 있었 습니다. 50대 중반으로 보이는 이 여성 환자는 다소 굳은 표정으로 보호자 의자에 앉아 다인실의 중앙에 설치되어 있는 TV를 보고 있 었습니다. "안녕하세요?"라고 인사를 건네었을 때, 환자는 무색할 정 도로 나를 경계하며 인사를 받지 않았습니다. 이렇게 김문자(가명) 님과의 만남이 시작되었습니다.

같은 여성으로서, 비슷한 연배의 부인과 입원환자들에 대한 남다른 애정이 있었기에 나는 4층에 위치한 산부인과 병동을 자주 방문하였는데, 여느 환자들과는 달리 김문자 님은 대부분의 경우 침대에 누워있지 않았습니다. 마치 건강한 사람처럼 병실 의자에 꼿꼿이 앉아서 TV를 시청하곤 하였습니다. 김문자 님은 나의 잦은 방문을 별로 좋아하지 않는 표정을 짓곤 했었는데, 그러던 어느 날 나에게 고갯짓으로 인사를 해주었습니다. 얼마나 반가웠는지 나는 김문자 님에게 바짝 다가가 몸의 컨디션이 어떤지, 지난밤에 잘 주무셨는지 간단한 질문들을 해가며 대화를 전개시켜보고자 하였습니다. 그러나 김문자 님은 여전히 딱딱한 표정으로 "괜찮아요", "네" 등의 매우 짧은 대답만을 하고 대화를 속히 중단하고 싶어 하는 눈치였습니다.

산부인과 병동의 파트장 간호사에게 도움을 청하여 김문자 님의 상태에 대한 기본적인 정보를 얻을 수 있었습니다. 김문자 님은 난소암 수술을 받았고, 이후 항암치료를 받고 있는 중인데, 식사도 잘하는 편이고 몸의 상태도 현재까지는 양호하다는 것이었습니다. 비로소 나는 김문자 님에 대해서 약간의 이해를 할 수 있었습니다. '이 환자는 자신이 암 환자라는 사실을 아직 인정하고 싶지 않았을지도 모른다. 그래서 의자에 꼿꼿이 앉아 있었고, 가능하면 침대에 눕지 않으려고 했던 것은 아니었을까? 그러니 내가 병실을 방문하며 자신을 환자 취급하는 것을 싫어했을 수도 있겠다.' 좀처럼 마음의 문을 열지 않는 김문자 님의 심리 상태에 관해 내가 여러 방면에서 추측해보며 좀 더 좋은 접근 방법을 모색하고 있을 무렵, 김문자 님은 더 이상 병실에서 보이지 않게 되었습니다. 이후 몇 개월이 지났는데, 김문자 님은 느닷없이 응급실을 통해 산부인과 병동으로 재입원하게 되었습니다. 오랜만에 만난 김문자 님은 이전의 양호해보이던 몸의 상태가 아니었는데, 이때부터 우리 두 사람의 관계는 새로운 국면을 맞이하게 되었습니다. 병세의 악화가 오히려 나와의 관계에 있어서는 진전을 가져온 것입니다.

평소와는 달리 의자에 앉지 않고 병실 침대에 힘없이 누워 있는 김문자 님을 보자마자 나는 심상치 않은 상황의 변화를 감지할 수 있었지만 평소와 같은 인사로 대화를 시작하였습니다. "실례합니다. 원목실 전도사예요." 그러나 나의 동일한 인사에 김문자 님은 예전과 다른 반응을 보여주었습니다. "네, 네. 전도사님. 제가 장이 유착되어서 음식을 먹을 수도 없고… 지금 배설이 되지 않아서 장에 있는 것들을 이런 식으로 빼내고 있어요." 그러고 보니 김문자 님의 코에는 콧줄이 달려 있었고, 그 줄을 통해 장의 색깔 짙은 분비물이 배출되고 있었습니다. 이전보다는 매우 수척해진 모습으로 힘없이 누워있는 김문자 님을 보면서 마음이 아프면서도 이전과는 달리 반가운 기색이 역력한 얼굴로 나를 맞아주는 모습에 감사한 마음이 솟구

두려워 말라
내가 너와 함께 함이라

쳤고 동시에 이 환자를 잘 돌봐야겠다는 결심을 하게 되었습니다.

위중한 상태로 재입원하면서 김문자 님이 대동한 보호자는 다름 아닌 고3 아들이었습니다. 그동안 수능을 치르느라 엄마 병원에 오지 못하고 있다가 시험을 마치고는 엄마 곁을 날마다 지키고 있었습니다. 몸집이 커서 간이침대에서 잠을 자는 것이 불편했을 텐데 항상 명랑한 모습으로 다양한 패스트푸드를 즐겨 먹던 아들은 누가 봐도 착하고 귀여운 아들이었습니다. 그러나 친밀감이 싹터가던 어느 날 김문자 님은 자신의 비밀스런 이야기를 나에게 털어놓았습니다. 우리 아들은 사실 친척의 아들이라고 말입니다. 아이를 낳으려고 시도했으나 불임이 지속되자 제주도에 남아 있는 풍습대로 가까운 친지의 아들을 태어나자마자 데려와 이제까지 18년간을 키웠다는 것입니다. 아들은 이러한 사실을 처음부터 알고 있었는데, 성장하는 동안 특별한 갈등 없이 자신을 엄마로 잘 따랐기에 그런 아들이 너무 고마워서 최선을 다해 키웠노라고 김문자 님은 고백하였습니다. 아들 이야기를 공개한 이후 김문자 님은 나에게 더욱 마음을 열었고, 특히 아들을 위한 기도를 함께할 때면 더욱 간절하게 기도하곤 하였습니다. 이러한 과정을 거치면서 신앙에 대한 김문자 님 마음의 문도 자연스럽게 활짝 열리게 된 듯싶습니다.

어느 날 산부인과 병동을 방문하면서 김문자 님을 만나려고 했는데 환자가 격리병동으로 이동되었다는 사실을 알게 되었습니다. 격리병동을 담당하는 채플린에게 양해를 구하고 마스크와 가운, 손장갑을 장착한 채 김문자 님의 침상을 찾아 갔습니다. 김문자 님은 예상치 못한 저의 등장에 반가워하며 대변에서 균이 검출되어 격리병동으로 옮기게 되었다며 상황을 자세하게 설명해주었습니다. 이후 격려병동에서의 치료가 잘 이루어져 김문자 님은 마침내 무사히 퇴원했습니다. 그러나 며칠 만에 급작스럽게 몸의 상태가 악화되면서 김문자 님은 결국 제주도에서 간호사 동반 하에 비행기를 타고 세브란스병원 격려병동으로 다시 입원하였습니다.

계속 음식을 먹을 수가 없어 몸은 무척 수척해졌고, 두 다리는 부종이 심했습니다. 김문자 님은 자주 깊은 잠에 빠지곤 하였습니다. 의료진은 보호자에게 김문자 님의 몸이 회생되는 것이 어렵겠다고 통보했지만, 김문자 님의 의식은 아직 분명해보였습니다. 채플린의 역할은 이러한 때 환자가 생의 마무리를 잘 하도록 돕는 것입니다. 나는 김문자 님에게 두 가지를 권면했습니다. 하나는 가족과 꼭 나눠야 할 속 깊은 대화이고, 다른 하나는 침상 세례였습니다.

가족 간의 대화를 위해서 그동안 좀처럼 병원에 모습을 보이지 않았던 김문자 님의 남편이 아내를 만나러 병원으로 왔습니다. 그동안 남편은 몸이 불편한 노모를 집에서 혼자 돌보느라 병원에 출입할 수 없었는데, 아내의 상태가 위중해지자 모든 일을 제치고 아내에게 달려와 경제적인 이야기를 비롯하여 사후 처리가 필요한 중요한 몇 가지 일들에 대해 이야기를 나누게 되었습니다.

나는 김문자 님에게 세례 의식에 대해 설명해주었습니다. 기력이 많이 쇠약해진 상태임에도 불구하고 김문자 님은 병상 세례를 받겠다는 의사를 고갯짓과 작은 목소리로 분명하게 표현하였습니다. 그런데 남편분은 굳이 세례까지 할 것이 있느냐, 제주도에 살고 있는 친척들은 모두 불교인데 그냥 간단히 기도만 해주면 좋겠다며 불편한 심정을 표시하였습니다. 김문자 님에게 세례를 베풀기 위해서는 남편분의 동의를 얻는 것이 급선무였습니다. 나는 김문자 님이 세례를 받고 싶어 하는데 그렇게 해주는 것이 김문자 님 본인에게 큰 힘이 될 것이라고 조심스럽게 말문을 열었습니다. 남편분은 의외로 순순히 승낙하며, 미루지 말고 가능한 빨리 목사님을 모시고 세례를 진행해주면 좋겠다고 하였습니다.

급히 서둘러 원목실에 세례를 요청하였고 송우용 원목의 집례로 병상세례가 시행되었습니다. 원목께서는 환자의 상태를 고려하여 세례의 여러 절차를 적절히 생략하고 간략하게 세례의 의미를 설명한 후에 김문자 님의 이마에 십자가를 긋고 세례물과 함께 김문자 님의 머리에 안수하였습니다. 짧은 시간 거룩하게 치러진 병상 세례

를 받으면서 김문자 님은 병약해진 상태에서도 정신을 차려가며 지친 두 눈을 뜨려고 애를 썼고, 최선을 다해 예식에 참여하는 모습을 보여주었습니다. 잘 들리지 않게 입술로만 '아멘'이라고 화답하는 환자의 모습 속에서 채플린은 말할 수 없는 감동을 느낄 수 있었습니다.

세례식을 마친 후 김문자 님의 남편은 고개 숙여 감사하다는 인사와 함께 앞으로의 계획에 대해 이야기해주었습니다. 2-3일 안에 김문자 님을 데리고 제주도 집 가까이에 있는 병원으로 가서 아내가 남은 생애를 편안하게 보내도록 해주고 싶다는 것이었습니다. 아내를 간호하며 함께 비행기를 타고 갈 간호사 두 명도 벌써 섭외해놓았다며 말입니다. 그러나 이와 같은 남편의 세심한 계획은 곧 무산되고 말았습니다. 김문자 님은 세례 받은 다음 날 새벽에 소천하셨습니다. 상심한 김문자 님의 남편을 전화로 위로하며 나도 함께 쓸쓸한 마음을 가눌 길이 없었지만 김문자 님이 천국에서 참된 쉼을 누리고 있을 것을 생각하니 슬퍼할 수만은 없었습니다. 주님께 깊은 감사를 드렸습니다.

두려워 말라
내가 너와 함께 함이라

좀처럼 마음 문을 열지 않던 한 환자를 기다리며 인내해온 근 1년 간의 세월을 되돌아봅니다. 다소 까칠하던 환자가 예기치 못하던 때에 급변하여 채플린에게 마음 문을 열어주었던 그 기쁜 순간을 잊을 수 없습니다. 어떻게 마음 문이 열렸는지 지금 생각해도 잘 모를 일입니다. 복음을 받아들이고 세례까지 받게 될 줄이야. 이것은 나의 기대를 넘어서는 일이었습니다. 세례 받은 다음 날 새벽, 환자가 소천했다는 소식을 전해 들었을 때는 하나님을 경외할 수밖에 없었습니다. 한 영혼을 사랑하시고 구원하시기 위해 마지막 순간까지 최선을 다하시는 하나님의 진실한 마음을 엿볼 수 있었습니다. 환자가 마음 문을 열지 않고 대화를 거부하였던 그때, 만약 내가 채플린으로서 낙심하고 중도에 포기했더라면 어쩔 뻔했나 하는 생각이 들 때면 생각만으로도 아찔함을 느낍니다. 미숙하고 조급한 나에게 마침내 맺어지는 인내의 열매에 대해 김문자 님을 통해 산 교훈을 주신 주님께 진심으로 감사드립니다.

간절한 기도가
무한한 감사로

전도사 남정화

　　잃어버린 영혼을 찾아 하나님의 자녀 삼으시는 주님의 섭리는 언제나 놀랍고 신비롭습니다.

　　2017년 6월 첫째 주 어느 날, 원목실 새내기로서 긴장된 마음으로 병동 심방에 나선 나에게 뾰족이 병자들을 위로하고 섬길만한 특별한 노하우가 있을 리 없었습니다. 주님은 새로운 것으로 익숙지 못함과 불편함 가운데 언제나 당신을 바라보게 하십니다. 오히려 그것이 주님의 사역에 있어 나에게 은혜이며 주님의 온전한 뜻을 드러낼 수 있는 기회가 되는 것 같습니다. 그날 역시 "주님, 저를 부르신 뜻을 이루시길 원합니다. 꼭 만나야 할 사람을 만나게 하시고 주님

두려워 말라
내가 너와 함께 함이라

의 마음으로 섬기며 하나님의 사랑을 전하게 해 주세요"라고 기도한 후에 병동을 찾았습니다. 병실 하나하나를 들를 때마다 불편하고 어색했습니다. 몸에 걸친 원목실 가운도 다윗이 걸친 사울의 갑옷처럼 불편하기만 했습니다. 얼마를 진땀을 내며 병실을 돌았을까 이젠 병실이 몇 남지 않아 보였습니다.

바로 그때 주님께서 예비하신 분들과의 첫 만남이 시작됐습니다. 1762호 병실에 들어서며 잠시 머뭇거렸습니다. 환자는 딱 보기에도 상태가 심각해 보였고 보호자 두 분은 침울한 표정으로 자리를 지키고 있었습니다. 그 모습을 보니 연거푸 주님의 이름을 부를 수밖에 없었습니다. 그분들이 신앙이 있는지 없는지의 여부는 그 순간 중요하지 않았습니다. "기도로 돕고 싶은데 기도해 드려도 될까요?" 짧은 질문 후 얼마 동안 환자와 보호자를 위해 기도했습니다. 무엇을 기도했는지도 모릅니다. 다만 주님이 주시는 마음을 좇아 간절함으로 기도드렸습니다. 그리곤 보호자들과 특별한 대화 없이 "힘내세요. 환자를 위해 함께 기도하겠습니다"라고 말하며 병실을 나왔습니다. 그 짧은 만남 속에 주님께서 일하셨을까요? 며칠 후 책상 위에 기도 카드 한 장이 놓여 있었습니다.

여섯 살짜리 아이 아빠가 교통사고로 척수신경이 손상되어 발가락과 대소변 감각이 없습니다. 다음 주에 추가로 허리 수술 예정이니 수술 잘 마치게 해 주시고 제발 신경이 조금씩 살아나 열심히 재활하면 아이와 함께 자전거를 탈 수 있는 날이 오게 해 주세요.

2017.6.15.

환자의 아내로부터 전해든 카드 한 장은 잃어버린 한 영혼을 얻기 위한 주님의 사역에 나의 열정을 더하기에 충분했습니다. 기도카드를 쥐고 주님의 도우심을 기도하며 마음을 담아 위로의 문자를 드렸습니다.

평안을 기원 드립니다. 기도요청서에 남겨 주신 기도 제목 확인했습니다. 마음이 많이 초조하고 불안하시겠지만 잘 이겨내시길 기도하겠습니다. 소망하신 대로 생명을 주신 하나님의 손이 고주아 님(39세/남-가명, 이하 주아 님)을 안수하셔서 여섯 살 아이와 함께 자전거를 타실 날이 꼭 오리라 기대하며 기도하겠습니다. "여호와는 너를 지키시는 자라 여호와께서 네 우편에서

두려워 말라
내가 너와 함께 함이라

네 그늘이 되시나니 낮의 해가 너를 상치 아니하며 밤의 달도 너를 해치 아니하리로다"(시121:5~6).

얼마 지나지 않아 회신을 받았습니다.

감사합니다. 보내주신 문자를 읽으니 눈물이 자꾸 나서 저는 교회를 다니지 않아 기도하는 방법도 잘 모르지만, 지금은 의지할 곳이 주님밖에 없다는 생각을 계속합니다. 기도하고 또 기도하겠습니다. 예배실 앞에 있던 "두려워 말라 내가 너와 함께 함이라"라는 원목실 엽서를 계속 몸에 지니고 힘들 때마다 읽어봅니다. 고맙습니다.

신앙은 간절함으로 시작해 소망 가운데 자라나는 것일까요? 기도를 어떻게 하는 것인지도 모르던 한 여인의 간절함으로부터 이미 영원한 생명의 주인 되신 하나님을 향한 기도는 시작되었는지도 모릅니다. 인간의 의식 속에서 아름다운 언어로 만들어지는 기도는 어쩌면 주님이 받으시기에 너무나 때 묻고 불순한 것인지도 모릅니다. 그러기에 주님은 주아 님 아내의 기도처럼 절박함과 간절함에 쏟아져 나오는 기도를 더 기뻐하시고 귀 기울이시지 않을까 생각했습니다. 한동안 가만히 환자와 그의 가족들을 위해 기도했습니다. "주님, 그들이 겪는 현재의 아픔과 고통이 그들을 사랑하시는 하나님의 마음이며 이 모든 과정이 그들을 아버지의 자녀로 삼으시는 섭리 가운데 있음을 믿습니다."

다시 병실을 찾았습니다. 며칠 전과는 달리 나의 모습을 본 가족들에게서 간절함이 느껴졌습니다. 우리는 함께 기도했고 주아 님의 아내와 여동생은 계속해서 눈물만 흘렸습니다. 환자의 눈빛 역시 회복의 은혜를 향한 갈급함에 떨고 있었습니다. 마음이 아팠습니다. 하지만 기뻤습니다. 하나님께서 일하고 계셨음을 느낄 수 있었기 때문이었습니다. 가족들은 연거푸 고마움을 표현했지만 오히려 너무나 죄송했습니다. 주님이시라면 그들의 간절함과 믿음을 보시고 그 자리에서 환자를 일으켰을 텐데 내가 할 수 있었던 것은 단지 기도와 격려뿐이었기에 말입니다. 주님께 그들의 몸과 영혼을 맡길 수밖에 없었습니다. 그렇게 수일이 흘렀고 그간 병실을 오가며 함께 기도하고 기도했습니다. 처음엔 어떻게 할 줄 몰라 했던 환자와 가족들의 입에서 기도 끝에 '아멘'의 나지막한 음성 또한 들을 수 있었습니다. 어디서 그런 간절함과 용기가 나는 것일까요? 하나님은 참으로 사랑이란 힘으로 그 모든 일들을 감당하게 하셨음을 보게 하셨습

두려워 말라
내가 너와 함께 함이라

니다. 남편을 향한 아내의 사랑, 오빠를 향한 여동생의 사랑, 그들은 지치지 않았고 계속해서 수고와 헌신을 아끼지 않았습니다. 그럴수록 더 간절해 가는 소망은 하물며 병실을 스쳐 지나는 나를 보고 뛰어나와 기도를 요청하기도 했습니다. 그러던 어느 날 또 한 장의 기도카드가 전해졌습니다.

기도요청서를 읽어 주시고 병실에 와서 기도해 주셔서 너무 고맙습니다. 기도해주신 덕에 수술을 잘 마치고 수일 내 재활병동으로 가서 재활 치료를 시작할 예정입니다. 허리 척수 신경을 주님께서 보듬어주셔서 신경이 회복되리라 믿고 기도하겠습니다. 하루빨리 여섯 살 딸아이에게 걸어갈 수 있도록 노력하겠습니다. 고맙습니다. 감사합니다. 염치없지만 신경이 회복되도록 기도해 주세요.

2017.6.22.

그 간절함 앞에 기도를 멈출 수 없었습니다. 주아 님 아내의 바람처럼 꼭 두 발로 어린 딸에게 걸어 갈 수 있길 기도했습니다. 그러나 사람이 어찌 하나님의 뜻을 알겠습니까? 하나님의 주권을 인정함으로 모든 것을 그분의 섭리 가운데 맡김이 진정한 신앙의 길이기에 그들 가운데 그 모든 상황을 감당할 수 있는 더 큰 은혜가 부어지길 또한 기도했습니다. 은혜와 사랑 가운데 척수 신경 수술은 성공적으로 마쳐졌습니다. 이제 재활의 과정밖에 남지 않았습니다.

며칠이 지나지 않아 주아 님 아내에게서 전과 같지 않은 모습을 느낄 수 있었습니다. 수술은 성공적이었지만 신경과 하반신 감각엔 아직 변화가 없고 재활을 위해서는 병동을 옮겨야 했지만 재활 병동 사정으로 옮겨 갈 수 없었습니다. 게다가 다른 병원에서는 6주 내외의 재활 기간을 준다는데 본원에서는 3주간의 재활 과정밖에 할당해 주지 않았다고 속상해했습니다. 그런데 그런 그녀의 모습에서 전혀 낙심하는 모습을 찾아 볼 수 없었습니다. 이전보다 훨씬 밝아진 모습으로 "기도해 주셔서 수술도 잘 받았고 재활의 기회도 있어 감사하게 생각합니다. 무엇보다 생명에 지장이 없으니 너무 감사하고요"라며 오히려 나를 위로했습니다. "하나님은 제 기도 때문이 아니라 주아 님과 가족들을 사랑하셔서 그 마음의 간절함과 소원을 들으시고 가장 좋은 길로 인도해 주시는 분이십니다. 하나님을 신뢰하며 소망을 가지고 믿음으로 계속해서 주님의 손을 붙들 수 있길 바랍니다. 저도 같은 마음으로 함께 기도하겠습니다." 주님이 사랑하시는 한 가족에게 주님을 바라볼 수 있도록 주님의 마음을 전했습니다.

두려워 말라
내가 너와 함께 함이라

며칠이 지나지 않아 재활병동으로 병실을 옮겼고 그들은 오직 재활 치료에만 집중하였습니다. 골절된 부위가 나아야 신경회복 운동을 할 수 있다 하면서도 잠자는 시간, 밥 먹는 시간을 제외하곤 재활 치료를 계속하고 있다고 했습니다. 하나님의 은혜만 바라고 있는 것이 아니라 사람이 해야 할 일도 게을리 하지 않는 것, 그들은 신앙 안에 훈련되지 않았음에도 그 교훈대로 행하고 있었습니다. 여섯 살 딸아이에게 휠체어를 탄 아빠의 모습을 보여줄 수 없다는 결의가 힘들고 지칠 때마다 힘을 더해 주었을 것입니다. 그러나 그 작은 아이로 인해 오히려 다잡은 마음이 무너져 내림도 그들에겐 감수해야 할 싸움이었습니다. 몇 주 후 이를 말해주는 다른 하나의 문자 메시지를 받았습니다.

주말에 딸아이를 보러 갔습니다. 삐뚤빼뚤 한글로 색종이에 '고 주아 언제 올 거야'라고 써서 붙여 놓은 것을 보고 마음이 또 무너졌습니다. 왜 이런 시련을 저에게 주신 걸까 생각하고 생각했습니다. 지금껏 믿음 없는 삶을 살아 왔습니다. 그래서 믿음이 뭔지 사실 잘 모르지만 분명히 극복할 수 있는 시련을 주셨으리라, 주님의 기적을 체험하게 해 주시리라 믿습니다. 이번 한 주도 다시 한번 강하게 마음을 다잡고 주님께서 이끌어 주시리라 믿고 또 믿겠습니다. 감사하고 또 감사합니다.

가족이란 때론 힘이 되기도, 때론 사랑이란 이유 때문에 오히려 마음을 아프게도 하는 것 같습니다. 참 사랑엔 언제나 빚진 자의 마음만 따르는 것이 아닐까 싶습니다. 아무리 주고 또 줘도 부족하고 모자라고 더 내어 줄 수 없는 한계에 직면하는 것, 그것이 인간이라 이름하는 우리 모두가 가진 한계가 아닐까 생각됩니다. 그러기에 아버지 하나님은 피조물에 불과한 인류를 위해 자신의 전부를 주셨고 그 하나님의 사랑으로 우리가 가진 한계를 채울 때 사람은 비로소 만족함을 얻을 수 있게 되는 것입니다. 하나님 사랑의 그 자리는 주님이 내주하시기까지 결코 채워지지 않는 모든 사람 안의 빈자리인 것입니다.

감사하게도 처음 주어졌던 3주간의 재활기간은 6주를 넘겼고, 본원 의료진의 추천으로 타 병원에서 2개월간의 재활 치료 후 다시 본원으로 돌아올 것이라 하였습니다. 그들의 회복을 향한 기대와 열정은 이미 수개월 후까지 이르고 있었습니다. 걷게 되는 그날까지 멈추지 않고 계속하리라는 그 마음이 어디로부터 온 것일까 생각했습니다. 그것은 분명히 걷게 될 것이라는 믿음과 간절한 소망 때문이었을 것입니다. 그렇습니다. 진정한 믿음은 그 믿음의 결실을 보기까지 멈출 수 없는 것입니다.

　주아 님이 다른 병원으로 이송되기 하루 전에 병실을 찾았습니다. 그날은 특별히 주아 님의 어머니와 여동생이 함께 병실을 지키고 계셨습니다. 멀쩡했던 아들이 교통사고로 생사를 오갈 때도, 위중한 수술을 할 때도 아들의 어머니는 숨조차 편히 쉴 수 없었다고 했습니다. 그것이 자녀를 향한 모든 부모의 심정이 아닐까 생각했습니다. 또한 그것이 영육 간의 생과 사를 오가는 모든 사람들을 향한 아버지 하나님의 마음이 아닐까 생각했습니다. 조금씩 회복되어 가는 아들을 바라보며 그제야 안도하시고 더 나아짐을 소망하실 수 있게 되셨던 것입니다. 모든 것이 곁에서 지켜보며 기도해 준 결과라고 나에게 감사한 마음을 전했습니다. 그러나 하나님은 누군가의 노력과 기도 때문이 아니라 당신의 자녀를 향한 사랑 때문에 일하시고 그 일을 위해 누군가에겐 기도하게 하시고 또 누군가에겐 수고하고 헌신하게 하시는 분이심을 믿습니다. 그러기에 그 감사의 수신자는 언제나 사람이 아닌 아버지 하나님이셔야 마땅한 것입니다. 먼저 된 자들의 영광이라면 그 하나님의 구원의 사역 가운데 선한 동역자로 부름 받았다는 사실뿐일 것입니다. 그 영광이 얼마나 크고 비길 데 없는 감격스런 일인지 경험한 자들은 그 은혜의 자릴 떠날 수 없습니다. 그것이 때로는 외면당하고 무시당하고 핍박당하고 조롱당하는 일이라 할지라도 말입니다. 그 길이 우리 주님께서 모범이 되어 앞서 가신 길이기 때문입니다.

우리는 함께 기도했습니다. 주아 님의 어머니 역시 신앙이 없는 분이었습니다. 하지만 이내 아들을 위한 기도에 마음을 실었습니다.

주 예수를 믿으라. 그리하면 너와 네 집이 구원을 받으리라(행 16:31)

바울과 실라가 구원의 길을 묻는 빌립보 감옥의 간수에게 건넨 복음의 메시지를 기억합니다. 한 사람의 참 믿음이 온 가정을 구원의 길로 인도함을 보곤 합니다. 나의 바람은 그 은혜가 이 가정에도 충만히 부어지는 것이었습니다.

"이스라엘을 지키시는 이는 졸지도 아니하시고 주무시지도 아니하시리로다"(시 121:4)라는 시편 기자의 고백처럼 신실하신 하나님의 손이 언제나 하나님의 자녀를 붙들고 있음을 경험하게 됩니다. 그 하나님은 하늘 아버

두려워 말라
내가 너와 함께 함이라

지로서 언제나 자녀에게 가장 좋은 것을 준비하시고 때에 따라 은혜와 사랑을 베푸는 분이십니다. 신뢰하건대 그 완전하신 하나님은 당신의 아들 삼으신 주아 님은 물론 그의 가족들과 늘 함께하시며 천국의 소망뿐 아니라 이 땅에서 하늘나라의 기쁨을 맛보며 살아가게 하실 것입니다. 어쩌면 주아 님의 육체가 이전과 같이 걷고 뛰리만큼 완벽히 회복되지 않을 수도 있습니다. 그러나 이미 그들은 그 이상의 가치를 발견하고 소유한 사람들이며 몸이 온전할 때보다 서로에게서 더 큰 사랑을 확인하고 주고받은 행복한 사람들입니다. 무엇보다 그들에게 영원한 생명을 향한 길이 주어졌으니 무엇으로 이를 대신할 수 있겠습니까? 우리가 어찌 그 하나님을 찬양하지 않을 수 있겠습니까? 할렐루야!

밝은 영혼으로
좋은 기운을 주는 환자
옥주 씨

목사 김상진

"안녕하세요", 아이고 또 "안녕하세요"라고 했습니다. 안녕치 못한
분들인데.

여자분은 '누구?'라는 표정을 지었습니다.

"저는 여기 병원에 근무하는 목사입니다. 저희 병원이 기독교 병
원이고요. 저처럼 목회자들이 병실에 심방을 다닙니다. 좀 어떠세
요? 어디가 불편하셔서 오신 거예요?"

젊은 여자 분인데 거동은 불편해 보이지 않았습니다. 수액이 달린
폴대를 밀며 병실을 나가려는 참이었습니다. 언뜻 목에 절개 자국이
있었습니다. 누군가 하는 표정으로 쳐다보던 환자는 저를 보며 앉았

두려워 말라
내가 너와 함께 함이라

습니다.

　김옥주 씨를 만난 첫날이었습니다. 나중 이야기지만 그녀는 처음 나를 만났던 날을 잊고 있었습니다. 몇 분간 이야기를 나누고 다시 오겠다는 말을 남기고 주보를 주고는 병실을 나왔습니다. 그 후 몇 번을 찾았으나 그녀는 자고 있거나 병실에 없었습니다. 메모도 남기고 왔었는데…. 결국 며칠 지나 만난 그녀는 나를 기억하지 못했습니다. 다른 간호사 선생님들은 잘 기억하면서. 아마도 처음 들어온 날이라 정신이 없었을 것이라고 했습니다. 김옥주 씨는 심장 이식을 기다리고 있었습니다. 장기 이식, 그것도 심장 이식!!!

　유난히 밝은 심성을 지닌 그녀는 아주 적극적인 성격을 가지고 있었습니다. 같은 병실에 입원한 환자들은 간단한 시술이나 수술을 받고는 1주일이나 늦어도 2주일이면 퇴원을 하였지만 이식 환자는 아주 오랜 시간을 인내하며 기다려야 하는 것이었습니다. 어떤 일이 있었던 것인지 물어 보기로 한 것은 여러 가지 대화를 나누며 나름 서로에 대한 신뢰가 쌓여져 갈 때쯤이었습니다. 밝은 성격의 옥주 씨는 담담하게 자신의 이야기를 마치 남이야기처럼 해주었습니다.

　네 살짜리 아들과 햄버거를 먹다가 갑자기 쓰러졌다고 합니다. 심장마비였습니다. 고맙게도 누군가가 황급히 부른 119에 의해 병원으로 옮겨지고 가족과 연락이 닿았지만 에크모라는 장비에 의지하여 중환자실에서 너무도 긴 시간을 지냈다고 합니다. 의식도 없이 자발 호흡이 어려워 삽관을 하고 시간이 지나 기관절개까지 하면서 그렇게 거의 한 달이 지났습니다. 언제까지 이대로 둘 수는 없으니 에크모 장치를 떼자는 의료진의 권고가 있었습니다. 그런데 에크모 장치를 뗀 후에 기적적으로 자발호흡과 여러 장기들의 기능이 조금씩 돌아왔습니다. 그리고 이런 저런 치료를 받았으나 결국 심장 이식 외에는 다른 방법이 없어서 이식을 기다리는 중이라고 말했습니다.

그녀는 씩씩하였지만 외로워했습니다. 겉으로는 멀쩡해 보이지만 혈압이 일정 수준 아래로 떨어지면 당장이라도 중환자실로 내려가야만 하는 상태였습니다. 단순히 그냥 일상생활을 하며 기다리는 것이 아니라 날마다 죽음의 공포와 대면하여 싸우며 하루하루 이식을 기다리고 있는 것이었습니다. 담담하게 자신의 이야기를 해주는 옥주 씨를 보며 '주님의 마음이 이럴까?' 생각을 했습니다.

그녀는 너무도 굉장한 이야기를 너무도 평범하게, 아무렇지도 않게 하고 있었습니다. 그래도 이야기를 나누다 일어나려고 하면 꼭 옥주 씨는 "목사님, 내일도 와 주실 거죠?"라고 물었습니다. "그럼요!" 항상 그러겠다고 했습니다. 한번은 다른 환자의 임종을 마치고 마음이 무거워 병실을 찾았습니다. 그래도 언제나 반겨주고 밝은 기운의

두려워 말라
내가 너와 함께 함이라

옥주 씨를 만나고 싶었는지도 몰랐습니다. 그런데 그날은 한 번도 그런 적이 없던 옥주 씨가 벽을 바라보며 누워 있었습니다. 조용히 다가갔지만 잠을 자는 것 같지도 않은데 그렇게 조용히 벽만 바라보고 있었습니다. 자신만의 시간이 필요할 것 같아 그냥 그 병실을 나왔습니다.

얼마 후 만나서 물어 보았더니 너무 오랜 시간 기다리는 것이 힘이 든다고 했습니다. 때로는 그렇게 힘들어 하면서도 옥주 씨는 밝은 모습을 보여주고 이웃한 환자들에게도 뭔가 도움을 주고 싶어 했습니다. 그러고 보니 옥주 씨가 자신의 수액 폴대를 많이 꾸미고 있다는 걸 느꼈습니다. 인형 뽑기를 한다는 옥주 씨. 나는 옥주 씨의 폴대에 십자가 목걸이 하나를 걸어 주며 십자가를 보며 위안을 받으면 좋겠다고 했습니다. 얼마나 하루하루가 쉽지 않은 날들일까? 하루 중 몇 번이고 혈압을 확인하는 그녀, 너무 혈압이 낮으면 옥주 씨는 바로 중환자실로 내려가야만 하는 환자였습니다. 흔히들 심장 이식을 기다린다고 하면 우리는 참 지겹겠구나 하면서도 그래도 집에서 일상생활을 하면서 기다리는 것으로 생각하기 쉽습니다. 그러나 심장을 이식받아야 하는 정도의 환자는 이미 일상생활을 하기는 어려운 수준이며 하루하루, 아니 한순간이 너무도 조심스러운 상황이어서 방심할 수 없는 상황입니다. 심장이 멈추면 우리는 아주 짧은 순간 목숨을 잃을 수도 있기 때문입니다. 옥주 씨가 병원에서 하염없이 이식을 기다리는 순간은 아마도 하루가 천년 같았을 것입니다. 그래서 밝았던 모습도 가끔은 실망하고 어이없이 컨디션이 저하되어 있는 모습으로 바뀌고는 했습니다.

당시 나는 이 이야기밖에는 해줄 수 없었습니다. "옥주 씨! 사실 옥주 씨는 이미 기적을 많이 경험하신 거예요. 사실 햄버거 집에서 어린 아들과 같이 있다가 심정지로 쓰러진 경우 살아나는 경우가 얼마나 될까요? 5분이라는 정말로 엄청나게 중요한 골든타임에 적절히 처치 받지 못했으면 옥주 씨는 나를 만나지도 못했을 거예요. 그리고 중요한 수술과 중환자실, 그리고 에크모… 그 많은 치료를 거쳐서 살아있는 것도 기적인데 별다른 후유증 없이 이렇게 이식을 기다리는 것은 더 큰 기적이에요. 힘들지만 조금만 더 참고 기다려 보아요. 이런 기적들이 일어난 것을 보면 하나님이 옥주 씨에게 뭔가 하시고 싶은 이야기가 있는 것 같아요. 저 같은 목사들은 세상에 우연히 일어나는 일은 없다고 생각해요." 듣고 있던 옥주 씨는 고개를 끄덕였습니다. "그래요, 목사님. 그렇겠지요? 저도 제가 겪은 일이 그렇게나 큰일인지, 그리고 얼마나 어려운 일인지 이 병원에서 알게 되었어요. 너무나 확률적으로 어려운 일이라고…." 그렇게 또 며칠이 지나고 금요일 심방을 끝낸 후 희망을 가지고 견디면서 기다려

두려워 말라
내가 너와 함께 함이라

보자는 격려를 하고 헤어졌습니다.

　토요일 외부 일정으로 외출을 준비 중이던 저에게 모르는 번호의 전화가 왔습니다. 스팸 때문에 모르는 번호는 거의 받지 않는 제가 왜 그 전화를 받았는지는 모르겠습니다. 옥주 씨였습니다. 그전에 뭔가를 도와주려고 전화를 한 번 했던 것이 저장되어 있었나 봅니다. 옥주 씨는 들뜬 목소리로 이야기했습니다.

　"저 이식 받을 것 같아요. 확정은 아니지만 거의 제가 될 것 같아요. 목사님, 감사해요."

　아무것도 해준 것이 없는 나에게 옥주 씨는 감사 인사를 전했습니다. 전에 내가 해준 기도가 감동이 되었고 너무 마음이 편하게 되었다는 이야기에 내가 더 감사하다고 했습니다. 잘 견뎌줘서 이제 이식을 받도록 되어서 다행이라고 했습니다. 내가 지금은 다른 일정으로 달려가지는 못하지만 중보의 기도를 해 드리겠다고 했습니다. 옥주 씨는 꼭 그렇게 해 달라고 했습니다. 그리고 수술이 잘 되어서 다시 병실에서 웃고 떠들며 만나자고 이야기했습니다.

　전화를 끊은 후에 나는 조용한 방으로 가서 바로 기도했습니다. "하나님, 우리 인간의 생사화복 모든 일은 하나님의 능력 안에 있습니다. 하나님께서 옥주 씨를 위로해 주시고 수술 잘 받고 건강하게 다시 하나님 만날 수 있도록, 세상에 나아가 하나님의 기적을 설명하며 증거할 수 있도록 도와주십시오"라고 기도했습니다. 기도 후에 왠지 느낌이 좋았습니다. 월요일에 출근하여 중환자실에 옥주 씨가 잘 있는 것을 확인했습니다. 수술로 인해 많이 아플 옥주 씨를 위해 위로와 중보의 기도를 또 했습니다. 며칠이 지나고 빠른 회복으로 일반 병실에 올라왔다는 소식에 심방을 갔다가 옥주 씨가 너무도 힘들어하여 간단한 기도만 하고 바로 나왔습니다. 아무리 밝은 성격의 씩씩한 사람도 결코 쉽지 않은 수술이었습니다. 날이 갈수록 회복이 되고 다시 예전의 그 밝은 옥주 씨로 돌아왔습니다. 감염의 우려가 있기 때문에 병실을 찾을 때면 마스크를 쓰고 손을 소독하고는 옥주 씨를 위해 기도하고 상담을 해주었습니다. 그 무렵 옥주 씨는 병원에서 매일 11시에 드리는 병원 기도회에 출석하기 시작했습니다. 기도회를 인도하며 새로 오는 환자들과 보호자들을 만나 상담하면서 옥주 씨는 모두에게 큰 도움이 되었습니다. 간단한 시술이나 수술에 불안해하는 환자, 보호자들에게 옥주 씨는 최고난도의 수술을 성공적으로 치른 사례였기 때문에 그녀의 말은 많은 위로가 되었습니다. 적어도 그때는 그녀보다 더한 환자는 없었습니다.

많은 환자와 보호자들이 옥주 씨 덕분에 위로를 받고 용기를 얻었습니다. 수술 후 차츰 회복이 되었고 옥주 씨는 드디어 퇴원을 한다고 했습니다. 정말로 오래 기다리던 퇴원. 일상으로 돌아가는 그녀

두려워 말라
내가 너와 함께 함이라

는 그래도 몇 달은 매주 병원에 검사를 받고 진료 받아야 한다고 말하며 정말로 감사했다고 이야기했습니다. 기도실에서 만났던 많은 사람들과 나와의 대화도 기억해주었습니다. 이제 병원을 나가게 되면 결혼 전에 다니다가 잘 가지 못하던 교회에도 다시 출석하겠다고 했습니다. 그러면서 의사 선생님이 적어도 몇 달은 감염을 조심하기 위해 사람이 많은 곳에 가지 말라고 했다며 웃었습니다. 그래서 나는 몇 달은 안 가셔도 되지만 이렇게 기적적으로 살아나신 분은 그냥 막 살면 안 된다고, 심장을 기증한 분의 몫까지 정말 멋있게 잘 살아야 한다고 이야기해 주었습니다. 꼭 그렇게 귀중하고 아름답게 살겠다고 다짐하며 옥주 씨는 퇴원을 했습니다.

며칠이 지난 월요일, 옥주 씨는 원목실로 찾아왔습니다. 검사와 진료를 받으러 오는 길에 인사를 드리려고 왔다고 했습니다. 그날 11시 예배를 같이 드리고 몇 가지 이야기를 나누었습니다. 그러면서 자신이 이제 퇴원하고 회복을 하다 보니 조금 욕심이 생긴 것 같다는 말을 했습니다. 진료를 위해 준비를 하다 보니 자신의 몸 곳곳에 상처가 있다는 것이었습니다. 목에는 기관 절개 상처, 목 여러 부위에 관 때문에 생긴 상처들, 커다란 수술의 상처, 그리고 여러 호스로 인한 상처까지, 적어도 4~5개의 상처가 커다랗게 남아 있는데 참 보기에 좋지 않다는 것이었습니다. 그러던 옥주 씨는 기도회를 마치고 세상으로 걸어 나가며 이런 말을 남겼습니다.

"목사님! 그래요. 상처는 보기 좋지 않지만 그 상처 하나하나가 다 하나님의 기적의 증거임을 목사님 말씀에서 알게 되었어요. 기관절 개를 했던 상처는 그렇게 오랜 기간이 지난 후에도 기적적으로 살려 주신 하나님의 은혜이고, 개복의 상처는 심장이식을 통해 새 생명이 내게 주어졌다는 증거라는 것을 알게 되었어요. 상처 중에 하나도 그냥 된 것이 없다고. 목사님, 제가 그런 깨달음을 얻게 해주셔서 감사해요."

원목실 문을 열고 세상으로 당당히 걸어 나가는 옥주 씨를 보면서 주님이 주신 새 생명이 어떻게 아름답게 쓰일지 기대하게 되었습니다.

두려워 말라
내가 너와 함께 함이라

죽음 앞의
동반자

목사 송우용

잊히지 않는 환자가 있습니다. 폐암으로 입원한 오십대 초반의 여자 환자였습니다. 그녀는 이미 당뇨로 인해 왼쪽 다리를 잃은 상태였습니다. 외관상으로는 허벅지 거의 끝부분까지 절단된 상태였습니다. 입원한 다음 날부터 그녀는 우리 병원에서 악명 높은 환자로 소문이 나기 시작했습니다. 같은 병실에 있는 환우들과 보호자들에게, 그리고 간호사에게 온갖 욕설을 퍼부었습니다. 몇 병실을 옮겨 다닙니다. 경제적 이유 때문에 1인실은 거부합니다. 의료진들은 바른 치료를 위해서, 그리고 다른 환우 분들을 위해서 자제해 줄 것을 수차례 권유했으나 말을 듣지 않습니다. 그녀는 화가 많이 나 있었습니다.

그녀가 왜 그렇게 분노에 차 있었는지는 그녀를 여러 차례 만나
본 후에야 알 수 있었습니다. 그녀는 오 년 전에 이혼을 했습니다. 이
혼할 당시에는 이미 당뇨로 왼쪽 다리를 잃은 상태였습니다. 다리
하나가 없는 불구의 몸으로 여자 혼자서 어떻게 살아야 할까를 고민
하던 그녀에게 묘안이 하나 떠올랐습니다. 어차피 움직임에는 한계
가 있으니 몸을 많이 움직이지 않고 돈을 벌 수 있는 묘안은 바로 위
자료로 받은 얼마 되지 않은 돈으로 간장과 식초를 파는 대리점을
운영하는 것이었습니다. 동네 슈퍼마켓이나 작은 가게들에서 주문
을 받아 제조 공장에서 택배로 배달을 해 주거나, 시골 할머니들이
노인정에서 대량으로 간장과 식초를 만들게 해서 그것을 공장보다
싼 값에 파는 일인데 배달 위주로 했기 때문에 택배나 우편으로도
충분히 가능한 일이었습니다. 그렇게 해서 조금씩 돈을 모을 수 있
었습니다.

그러던 어느 날 자신의 몸에 이상이 있음을 감지하고 병원을 찾
았습니다. 검사를 받아 본 결과 폐암 2기라는 선고를 받게 되었습니
다. 치료를 받기로 하고 자신이 하던 사업을 맡길 수 있는 믿을만한
사람을 찾기 위해 고민하다가 동네에서 개척교회를 하고 있는 목사
님의 사모님을 생각해냈습니다. 자기 주변에 믿을 수 있는 사람이라

두려워 말라
내가 너와 함께 함이라

고는 그 사모님밖에 없었습니다. 처음 보는 분이지만 목사님 사모님이니까 믿는 마음으로 부탁을 드리려 한 것입니다. 그래서 그 사모님을 찾아가 자기의 사정 이야기를 하고 수입의 십분의 일을 교회에 헌금하는 것과 사모님에게 일정 금액을 지불하는 것, 그리고 물건을 판매한 지출과 수입을 매주 서면으로 주고받는 것을 약속하고는 병원에 입원하여 치료에 전념했습니다.

처음에는 약속된 날짜에 판매한 수만큼의 지출과 수입이 매주 확인이 되었습니다. 그런데 두 달 후 어느 날부터 이상하게 수입이 줄어들기 시작했습니다. 이상히 여긴 그녀는 제조 공장 여러 곳에 연락하여 수입에 차이가 나는 것을 알게 되었습니다. 그녀의 표현입니다.

"세상에 믿을 년 하나 없어. 목사 여편네가 그 모양이니 누굴 믿겠어. 나 같은 병신년 등쳐먹고 사는 그런 년은 지옥 갈 거야."

그녀의 울분에는 전남편의 외도와 구타, 치료를 잘 받지 못해서 한쪽 다리를 절단해야 한 아픔, 이혼, 하나밖에 없는 아들이 휴가를 나와서도 엄마를 보지 않고 돌아간 이야기, 마지막으로 믿었던 목사 부인의 배신, 그리고 자신의 병이 수술을 할 수도 없는 위험한 상황으로 치닫고 있다는 절망적인 진단, 죽음의 기운이 자신을 감돌고 있다는 무서움, 지금 아무도 자기 옆에 없다는 지독한 외로움과 고독에 사로잡힌 감정이 뒤섞여 있었습니다.

왠지 모르게 그 순간만큼은 그녀의 편이 되어주고 싶었습니다. 그녀가 말하는 목사 사모를 만나 본 적도 없고 직접 이야기를 들은 바도 없지만, 이 순간만큼은 내 앞에 있는 이 환자의 편이 되어 주고 싶었습니다. 그래서 그녀와 같이 욕을 했습니다. "세상에 그런 사람이 어디 있어요? 내가 목사라는 게 부끄럽네. 어디 등쳐먹을 일이 없어서 당신 같은 사람한테 등을 쳐요? 아이고, 참 어처구니가 없네. 그래, 얼마나 힘드셨어요? 지금까지 어떻게 그 긴 세월을 참고 지내셨대요? 참 용하시네요… 근데, 생각할수록 화가 나네, 어떻게 목사 부인이 그럴 수 있지?" 하며 달래기도 하고 위로와 격려의 말을 해 주었습니다. 그동안의 비참함과 억울함의 시간들을 공감하며, 그녀의 한을 대신 풀어 놓는 무당의 굿처럼 그녀와 거의 같은 수준으로 욕을 했습니다. 그게 이상했던 모양입니다. 흥분해서 욕을 하고 있는 나를 빤히 쳐다보았습니다. 마치 "저게 목사 맞아?" 하는 표정으로 말입니다. 얼추 5분에서 10분 정도가 지났을까? 그녀가 말했습니다. "됐어요, 이제 그만해요, 그만하면 됐어요. 그래도 고맙네요."

그렇게 나는 그녀와 가까워졌고, 그녀에게 두 가지 약속을 하게 되었습니다. "첫째, 우리 병원의 의료진들은 당신이 겪을 육체적 고

두려워 말라
내가 너와 함께 함이라

통을 경감시키기 위해서 최선을 다할 것입니다. 그리고 당신의 마지막 순간까지 절대로 혼자 있게 하지 않을 것입니다."

그 후로 그녀는 침대에 누울 수조차 없게 되었습니다. 암이 커져서 누운 자세에서는 암 덩어리가 기도를 막게 된 것입니다. 이제 그녀는 24시간을 앉은 자세로 지내야 했습니다. 잠을 자는 것도 앉아서 자야 했습니다. 베개 세 개를 무릎 위에 올려놓고 양손을 턱에 괴어 잠을 자야 했습니다. 낮에 앉은 채로 잠깐 졸다가 깰 때면 창문 밖을 내다보고는 이내 옆의 환자들을 살펴봅니다. "내가 다시 잠이 들었다가 다시 못 깨어날 수도 있잖아요. 그래서 눈을 뜨는 순간, '아, 이것이 내가 세상을 볼 수 있는 마지막 순간이다'하는 마음으로 주변을 살펴보는 겁니다."

어느 날부터 그녀는 같은 방 환자 보호자의 도움을 받아 힘들게 샤워를 하고 화장도 하고 향수도 뿌립니다. "내 몸을 의과대학에 맡겼는데, 학생들이 내 몸을 볼 때 깨끗한 몸을 보여주어야 되잖아요."

그녀가 먼 길 떠나는 날 아침, 나는 그녀와의 약속을 지키지 못했습니다. 그날 교직원 교육이 있어서 강의를 하고 있었는데 그녀가 위급하다는 전갈을 받았습니다. 급한 마음으로 강의를 끝내고 그녀의 병실에 도착했을 때는 이미 그녀는 먼 길을 떠난 다음이었습니다. 마지막 순간까지 절대로 혼자 있게 하지 않을 것이라던 그 약속을 결국 지키지 못했습니다. 나는 그녀와의 약속을 지키지 못했지만, 같은 병실에 있었던 환우들과 보호자들이 그녀의 마지막 길을 지켜주었습니다. 나와 그녀가 병실에서 자주 불렀던 찬송가 "참 아름다워라 주님의 세계는"을 불러 주며 먼 길 떠나는 그녀를 환송해 주었다는 것이었습니다. 참 장엄한 순간이었으리라 생각합니다.

나는 병원 목회를 하면서 임종을 앞둔 환자들을 많이 봤습니다. 죽어가며 살아 있는 사람들입니다. 이 사람들에게 있어서 하루, 한 시간은 얼마나 소중한 것인지 모릅니다. 이 하루, 한 시간을 더 값지게 살기 위해서 몸부림을 칩니다. 그들에게 남아 있는 시간이 얼마가 될지 모르겠습니다만 그 남아 있는 시간을 소중하게 만들어 주고 싶습니다. 곧 먼 길을 떠나야 할 사람, 이 사람들에게 지금까지 살아온 긴 여행을 잘 마무리 할 수 있도록 도와주고 싶습니다.

죽음의 공포는 이루 말로 표현할 수가 없습니다. 우선 육체적인 아픔이 있습니다. 암으로 죽는 사람들이 제일 고통스러워하는 것이 육체적 고통입니다. 보통 진통제로는 듣지를 않습니다. 마약을 사용해야 합니다. 그런데 마지막 순간이 다가오면 그 마약조차도 소용이 없어집니다. 이런 육체적 고통과 함께 찾아오는 또 다른 고통은 경제적 고통입니다. 암 환자로 등록되면 경제적으로 많은 지원을 받기

는 하지만, 치료비 외에도 여러 경제적 문제를 피하기는 어렵습니다. 그리고 정신적 고통이 있습니다. 죽음을 앞두고 보니 지금까지 살아온 인생이 헛된 것 같고, 후회막급한 생을 살아온 것 같습니다. 생각나는 것마다 후회스럽습니다. 가슴을 칠 일들 뿐입니다. 이것이 환자를 괴롭히는 것입니다. 그러나 무엇보다도 말기 암 환자들이 고통스러운 것은 죽음에 대한 두려움입니다. 죽음은 한 번도 경험을 해 보지 못한 것이거든요. 어느 누구도 경험해 보지를 못한 영역입니다. 죽을 때 어떻게 되는 것인지, 마지막 숨이 딱 멎을 때 어떤 현상이 생기는지 도무지 알 수가 없습니다. 그러니 어디 가서 물어볼 곳도 없습니다. 연습해 볼 수도 없습니다. 완전히 미지의 세계를 가야 하는 겁니다. 그리고 그 길은 혼자 가야 하는 길이기에 더욱 무섭습니다. 친구가 있을 수 없습니다. 어느 누구도 동행할 수 없는 길입니다. 오로지 혼자 가야하는 길입니다. 그러니 얼마나 무섭겠습니까? 마지막으로, 영적인 고통이 있습니다. 천국과 지옥에 대해서 말은 들었습니다. 그래서 두려운 것입니다. 만약에 말입니다. 천국과 지옥이 있다면 당신은 어느 쪽에 갈 것 같습니까?

먼 길을 떠나는 날 아침, 그 곁에 있어주고 싶습니다. 왜냐하면 그들은 죽어가며 살고 있는 사람이기 때문이며, 치료되어야 할 사람이 아니라 치유되어야 할 사람이기 때문입니다. 그리고 나는 그 사람의 증인이 되고 싶습니다.

두려워 말라
내가 너와 함께 함이라

환자의 고통을
헤아려 주는 의사로
거듭나고 싶어요

목사 정명희

　연세대학교 치과대학 졸업반이었던 이 군은 횡단보도를 건너다가 레커차에 치어 뇌를 크게 다쳤습니다. 세 번의 수술을 받고 중환자실에서 한 달 반, 신경외과 병동에서 두 달, 그리고 재활병원에서 한 달 반을 지냈습니다. 참으로 힘들고 어려운 과정이었지만 기적적으로 건강을 회복하고 2017년 2월 17일에 드디어 퇴원하게 되었습니다. 이 군은 기억력이 상당히 떨어졌지만, 부지런히 재활 치료를 받으면서 인지 능력이 아주 많이 좋아졌습니다.

　병원에 입원 중이던 어느 날 병원에서 외출을 허락받아 강원도 영월에 있는 집에 갔었는데 자기가 사는 오피스텔에 있던 물건들이 집에 모두 와 있는 것을 보고 비로소 자기가 교통사고가 나서 다친 것을 현실로 직면하게 되었다고 합니다.

이 군이 입원하고 있는 병실에 방문하면 독실한 불교신자인 부모님이 계셨기에 매일 사랑의 마음으로 다가가고자 노력했습니다. 이 군의 부모님들은 마음의 문을 여시고 저를 맞아 주셨습니다. 이 군이 회복되고 가는 과정에 기독 동아리 친구들의 중보 기도는 이 군이 기적적으로 일어나는데 아주 큰 힘이 되었습니다. 특히 이들과 함께 기도를 해 주셨던 정종훈 교목실장님과 치과대학 학장님의 기도와 사랑도 큰 보탬이 되었습니다.

하루는 점심을 먹지 않고 재활 병원을 방문했습니다. 식사를 하고 가면 이 군의 치료 시작 전에 만날 수가 없기 때문이었습니다. 마침 치료를 받으러 들어가려던 이 군은 아주 환하게 웃었습니다. 이 군이 "목사님! 안녕하세요?"라고 인사를 하는데, 이전까지 어눌했던 말투가 아닌, 아주 또박또박한 말투로 말을 해서 깜짝 놀라지 않을 수 없었습니다. "이 군, 너무도 멋쟁이로 변해서 하마터면 몰라볼 뻔했네" 하면서 말을 건네니까 "목사님이 제가 제일 먹고 싶던 땅콩을 사다 주셔서 이렇게 좋아졌습니다"라며 농담도 하고 밝은 표정으로 대해 주었습니다. 이 군이 재활 치료실에 들어가자 이 군 아버님이 저를 보시면서 벅차오르는 가슴을 가라앉히고는 두 눈에 눈물을 뚝뚝 흘리시며 "목사님! 감사드립니다, 너무 감사드립니다. 이 군에게 이렇게 빨리 기적이 찾아오리라는 기대를 못했는데 목사님의 기도와 치과대학 학장님, 정종훈 교목실장님의 기도에 대한 고마움을 잊지 못하겠습니다"라고 말씀하시고는 우셨습니다. 저는 "모두가 다 하나님의 은혜요, 이 군을 향하신 하나님의 사랑 덕분이지요. 그리고 사고가 난 다음 날부터 이 군 곁을 떠나지 않으시고 불철주야 간호하신 아버님, 어머님의 사랑과 정성이 있었기에 이렇게 빠르게 치료되어 회복할 수 있었던 것 같아요"라고 말씀드렸습니다. 이 군 아버님은 이렇게 말씀하셨습니다. "저와 아내는 독실한 불교인이고 친척분들이 다 천주교인이신데, 목사님을 보면서 '기독교'라는 종교에 대해서 다시 생각하게 되었습니다. 이번 기회에 믿는 분들이 보여 주신 '사랑'을 보면서 참 사랑의 의미를 깨닫게 되었습니다. 이제부터 '기독교'에 대해서 마음의 문을 열고 대하겠습니다." 저는 "주님이 하셨습니다"라고 짧게 대답하며 마음속으로는 '모든 영광을 하나님께'라고 소리쳤습니다.

다음 날 병실을 방문하여 이 군과 많은 대화를 나눴습니다. 이 군에게 "지금 제일 먼저 뭐가 하고 싶어?"라고 물으니까, 이 군은 책을 가장 먼저 읽고 싶다고 말했습니다. 그래서 저는 닥터 리 이승복 선생이 쓴 『기적은 당신 안에 있습니다』라는 책을 선물하겠노라고 약속하고 병실을 나왔습니다. 며칠 뒤 책이 도착해서 멋지게 포장을 하고 말씀카드를 가지고 이 군을 방문했습니다. 이 군은 뛸 듯이 기뻐하며 감사하다고 인사를 했습니다. 책 선물 받을 때가 가장 행복하다면서 말입니다. 시간이 지난 후, 이 군 어머니한테서 전화가 걸려왔습니다. "정 목사님! 저희 아들이 내일 퇴원하게 되었습니다. 정 목사님께 말씀드리고 가야 할 것 같아서 전화 드렸습니다." "아~~ 네, 감사드립니다. 제가 오후에 꼭 방문할게요"라고 말씀드렸습니다.

저는 지난번 이 군과 어머님이 찍은 사진을 스캔해서 엽서에 붙이고 앞으로 통원 치료와 치료 과정 속에 인내하면서 견뎌내야 할 힘든 상황들을 생각하면서 그때마다 힘주시고 용기주실 하나님의 말씀 구절들을 찾아내어 말씀카드를 만들었습니다. 사진과 함께 말씀카드와 의료원에서 제작한 카드에 그것을 붙여 간직할 수 있게 만들었습니다. 그리고 편지를 쓰기 시작했습니다. 먼저 모든 의료진들이 깜짝 놀랄 정도로 기적이 일어나게 하신 은혜를 보이신 하나님께 감사드리고, 그동안 치료와 모든 힘든 과정을 잘 견뎌준 이 군에게 응

두려워 말라
내가 너와 함께 함이라

원의 메시지를 썼습니다. 불편한 잠자리와 먹는 것도 제대로 드시지 못하고 불철주야로 애쓰신 아버님, 어머님… 부모님의 사랑이 무엇인지를 알게 해주신 두 분께 고생 많이 하셨다는 것, 그리고 아픔을 겪은 환자의 경험이 디딤돌이 되어 환자의 고통을 헤아려 주고 이해해주는 훌륭한 의사가 되어 주기를 바란다는 것, 환자의 마음을 만져주고 그들의 아픔을 진정으로 헤아려 주는 명의가 되기를… 그래서 국내뿐만 아니라 세계 어느 곳이든 도움이 필요한 곳에 달려 갈 수 있는 그러한 의사가 되기를 기대한다는 등의 내용을 편지에 담았습니다.

편지와 말씀카드를 가지고 병실을 찾았습니다. 병실에 도착하니 퇴원을 준비하는 흔적이 보였습니다. 잘 정리된 짐들과 상자들을 보니 긴 시간 동안 사투하던 모습이 생각이 나서 가슴이 찡해졌습니다. "목사님, 안녕하세요! 퇴원하기 전에 목사님 얼굴 뵙고 가게 되어서 정말 감사드립니다." 이 군은 저에게 밝은 목소리로 인사했습니다. "퇴원하고 집에 가면 무엇을 먼저 할 거예요?"라고 물으니, "초등학교 때부터 지금까지 하루도 빠지지 않고 써 온 일기장부터 읽을 거예요. 그러면서 제 기억을 하나씩 하나씩 기억해보려고 해요." "이 군은 일기를 꾸준하게 써왔군요. 대단하네요. 그 일기 쓴 것 중에 기억에 남는 것이 있어요?" "고등학교 때 기숙사 생활하면서 친구들과

과자 나누어 먹었던 내용이 생각나요. 지금도 읽으면 웃음이 나오고 그때 그 친구들이 보고 싶어요." "이 군은 소중한 추억을 갖고 있군요." "정 목사님! 제가 환자들의 고통을 헤아릴 수 있는 훌륭한 의사가 되어서 목사님을 꼭 찾아뵐게요." 그는 서슴없이 말하였습니다. "그럼요, 분명히 그렇게 될 거예요. 그리고 일기를 매일 같이 쓰는 열정으로 성경을 매일 5장씩 읽고, 기도도 하고… 그러면 분명히 아주 훌륭하고 멋진 명의가 될 거예요, 그날을 기대할게요."

이 군 아버님, 어머님께 "그동안 고생 많이 하셨습니다. 마지막으로 제가 축복 기도를 해드려도 될까요?"라고 여쭈어 보았더니 쾌히 승낙해주셨습니다. "살아계셔서 생명의 주인이 되시는 하나님! 하나님께서 사랑하시고 소중히 여기시는 이 군을 이렇게 사망의 음침한 골짜기에서 건져 주신 하나님의 은혜에 진심으로 감사를 드립니다"라고 기도를 하는데 더 이상 말을 못 잇고 눈물이 쏟아졌습니다. 이 눈물은 감사의 눈물이었습니다. 한참 후에 기도를 이어갔습니다. "많이 아프고 힘들었을 텐데 주님이 함께하셔서 잘 이겨내고 건강해져서 퇴원할 수 있게 해주신 것, 진심으로 감사드립니다. 아픔과 고통의 시간이 컸던 만큼 이 아픔을 이제 고통과 아픔으로 힘들어 하는 이들을 위해 마음과 사랑으로 헤아리는 훌륭한 명의가 되어서 소외된 이웃, 국내뿐만 아니라 해외 선교를 위해 귀하게 쓰임 받게 하옵소서! 아들 때문에 놀라서 기절하고 가슴을 조이며 긴장하며 밤낮으로 간호하며 애쓰신 이 군의 아버님, 어머님을 위로하여 주시고, 이 군의 건강을 회복시켜 주셨으니 훌륭한 의사가 된 모습을 지켜보실 때 보람과 기쁨을 얻게 하옵소서! 이 가정 위에 하나님의 은총과 평강이 영원토록 함께하시기를 기도합니다. 길이요 진리요 생명이 되시는 예수님의 이름으로 축복하며 기도 올리옵나이다. 아멘!!"

기도가 끝나자 이 군 부모님의 눈에는 눈물이 홍건했습니다. 휴지로 눈물을 닦는 두 분을 보면서, 피 같은 눈물을 흘리며 심장이 여러 번 멎을 뻔했을 두 분의 고통이 떠올랐습니다. "이 군! 꼭 훌륭한 의사가 되어 의사 가운 입은 모습으로 다시 만납시다." "장한 아드님을 두셔서 부럽습니다, 고생 많이 하셨습니다. 퇴원 잘하시고 두 분 모두 건강하세요." 마지막 인사를 하고 돌아오면서, 하나님께 쓰임 받는 통로가 되게 하신 은혜가 너무나 크고 감사해서 힘차게 기도를 올려 드렸습니다. "살아계신 하나님! 하나님은 위대하시고 놀라우신 분이십니다. 주님! 사랑합니다. 모든 영광을 홀로 받으시옵소서."

※ 이 군은 잘 회복되고 있습니다.
2018년 1월 19일, 국가 자격시험을 마지막 시간까지 잘 치렀습니다. 이를 위해 1월 17일, 정종훈 실장님이 기도해주시고 책

도 선물해주시며 격려와 사랑을 아끼지 않으셨습니다. 그리고 2018년 2월 6일, 연세대학교 치과대학 학위 수여를 받아 무사히 졸업도 할 수 있었습니다.

두려워 말라
내가 너와 함께 함이라

왜 이제야
알았을까요?

전도사 곽수산나

병실을 심방하다가 한 환자를 만나게 되었습니다. 자궁암으로 시작하여 전신에 암이 전이된 상태였고 기력이 쇠하여 귀를 기울여야 들릴 정도로 힘없이 말씀을 하시는 상황이었습니다. 코에는 산소 줄이 연결되어 있었고 식사를 못 한 지 오래 되었으며 용변도 스스로 볼 수 없다고 하셨습니다.

그분은 교회 집사님이셨습니다. 집사님께서는 숨을 몰아쉬며 겨우 들릴 정도의 음성으로 "왜 이제야 알았을까요?"라고 말씀하셨습니다. "무엇을 이제 아셨는데요, 집사님!" 집사님은 "내가 건강했을 때 자연스럽게 호흡하고, 음식을 먹고, 화장실 갈 수 있다는 것이 얼마나 감사한 일이었는데, 왜 이제야 알았을까요"라고 하셨습니다. 그 말씀을 듣고 망치로 머리를 맞는 것 같은 충격을 받게 되었습니다. 과연 전도사인 나 자신은 어떠했는가? 목회자의 자녀로 성장하며 식사기도를 거른 적은 없었습니다. 그러나 집사님이 고백하신 것과 같은 감사를 한 적이 있었던가? 호흡을 하며, 용변을 보며 어땠는가? 마음에서 우러나오는 진정한 감사가 단 한 번도 없었다는 사실을 깨닫고 하나님 앞에 회개의 기도를 드렸습니다. 지금도 종종 일상생활 속에 불평 섞인 말이 나올 때면 그 집사님의 고백을 기억하곤 합니다.

나는 또 한 명의 환자를 잊을 수가 없습니다. "전도사님, 건희가… 임종 예배를 드려야 할 것 같아요." 파트장 선생님의 전화를 받고 예배준비를 하여 병실을 방문하게 되었습니다. 침울한 분위기에 환아의 가족들은 울고 있었고 환아의 아버지는 병상 침대에 머리를 묻고 엎드려 있는 상태였습니다.

6세 된 남자 아이 건희는 매우 영특한 아이였습니다. 건희 어머니는 기독교인은 아니었지만 예배실에서 이루어지는 다양한 프로그램들과 예배에 참석하는 것을 좋아하는 아들을 적극적으로 도와주셨습니다. 특히 건희는 성경 암송을 무척이나 잘하였습니다.

예배를 드리겠다는 이야기에 가족들은 아무도 반응하지 않았습니다. 당황스러움을 감추고 예배실에 오던 건희를 생각하며 혼자 예배를 드려야 되겠구나 생각하고 건희가 좋아하던 찬송가 "선한 목자 되신 우리 주"를 부르기 시작하였습니다. 두 소절쯤 불렀을 때 갑자기 환아 침대머리에 엎드려 있던 아버지가 큰 소리로 "이건 약속 위반이야"라고 고함치듯 말하였습니다. 혼자 찬송을 부르다가 잠시 멈칫하였고 계속 예배를 드려도 되는 건가 생각하다가 건희를 위해 예배를 드리자고 마음을 다잡고는 아무도 호응이 없는 상태에서 독백을 하듯 예배를 계속 이어나갔습니다. 찬송 부르고, 말씀 읽고, 기도하고, 예배를 마치고 나오는데 소리를 지르며 오열하던 아빠의 음성이 귓가에 맴돌며 '무슨 약속 위반이었을까' 하는 의문이 들었습니다.

다음 날 출근해서 건희가 새벽 1시 경 하늘나라로 갔다는 것을 알게 되었습니다. 빈소에 가야 하나 말아야 하나 고민하다가 영안실로 발걸음을 향하였습니다. 진땀 흘리며 독백하며 임종예배를 드렸던 시간을 생각하면 가고 싶지 않은 생각도 있었지만 건희를 생각하며 용기를 내어 빈소를 찾게 되었습니다.

그런데 참 놀라웠습니다. 부모님들의 표정은 내가 예상했던 표정과 전혀 달랐습니다. 평안한 얼굴로 곧 예배를 드리려 한다고 하였습니다. 그러면서 건희가 전에 퇴원했을 때 통증이 심해지면 엄마에게 "엄마, 너무 아파. 나 하나님한테 데려다 줘"라고 말했다고 하셨습니다. 건희 어머니는 '하나님한테 데려가는 게 어떻게 하는 것일까' 생각하다가 집 가까운 교회에 몇 번 데리고 가셨다고 합니다. 규모가 상당히 큰 교회였고 몇 번 나가지 않았지만 장례예배를 부탁드렸는데 담임 목사님께서 오신다고 하셨습니다. 큰 교회 목사님의 일상을 가히 짐작할 수 있는 나로서는 마음으로부터 존경과 감사를 하게 되었습니다.

　도대체 하룻밤 사이에 무슨 일이 있었던 것일까? 냉소적이었던 가족들이 어떻게 달라진 것일까? 조심스럽게 물어보니 저녁에 병동 찬양팀이 와서 건희가 좋아하는 "선한목자 되신 우리 주"를 찬양했는데 그때 아이 아빠의 마음이 문이 열렸다고 하셨습니다. 환아의 아버지는 청년시절 아주 열심히 교회에서 신앙생활을 하였고 성가대 지휘까지 했던 분인데 어떤 계기로 신앙생활을 하지 않게 되었고 하나님과는 멀어진 상태로 기독교인들을 경멸하며 지내고 있었다고 합니다. 아들이 가끔 찬송가를 불러달라고 요청해도 불러주지 않았다고 합니다. 병동 찬양팀의 찬양을 통해 마음이 열린 아빠는 그 시간부터 아들에게 찬송가를 1장부터 불러 주기 시작했습니다. 찬송가를 거의 다 부른 밤 1시가 좀 지나서 건희는 하나님 나라에 가

두려워 말라
내가 너와 함께 함이라

게 되었다고 합니다.

　바로 전날 임종예배를 드릴 때와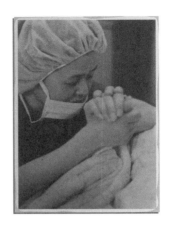
는 사뭇 다른 평안한 모습으로 "건희
의 생명과 우리의 영혼을 바꾸었습
니다"라며 "앞으로 신앙생활 잘하고
하나님 나라에서 아들을 만날 때 부
끄럽지 않은 모습으로 만나려고 합
니다"라는 고백을 통해 여섯 살 건희
는 누구보다 귀한 일을 하고 갔다고
느꼈습니다.

기도의
마일리지

목사 권은미

　'안녕하세요?', '안녕히 주무셨어요?', '식사하셨어요?' 누구나 하는 일상에서의 인사말입니다. 누군가를 만나면 굳이 대답을 기대하지 않고도 으레 하는 인사말이지요. 아니, 때로는 아무런 의미도 담지 않고 영혼 없이하는 인사말로 사용하기도 합니다. 그러나 아무런 의미가 없어 보이는 말들이 하나씩 하나씩 모이게 되면 서로의 감정을 공유할 수 있는 아주 소중한 말이 되곤 합니다.

　"도윤이 엄마! 어젯밤 도윤이 잠 좀 잤나요?" 가장 연약한 모습으로 병상에 누워있는 도윤이를 바라보면서 건네는 나의 인사말에는

두려워 말라
내가 너와 함께 함이라

진정과 공감이 담겨 있습니다. 밤새 경기는 일으키지 않았는지, 수치는 정상인지, 열은 오르지 않았는지…. 간절함과 안타까운 마음으로 병실을 방문하며 내가 도윤이와 도윤이 엄마에게 해줄 수 있는 것은 그렇게 흔한 인사말밖에 없었습니다. 그런데 그 인사말들이 마일리지로 적립되어 도윤이 엄마와 나는 도윤이의 질병 너머 마음의 문제까지 공유하는 친구가 되었습니다.

민석이 엄마는 교회에 다니지 않는 분이었습니다. 그저 나의 인사말 마일리지가 쌓여 만나면 반겨주시는 분이었습니다. 그래도 다른 사람들이 나를 목사라고 부르니까 목사님이라는 호칭을 꼬박꼬박 붙여서 불러주었습니다. 하루는 병실 복도에서 만난 민석이 엄마가 나를 보며 이렇게 이야기를 했습니다. "목사님! 병원에 노래방이 있었으면 좋겠어요! 가슴이 터질 것 같아 어디서 소리라도 지르며 큰 소리로 노래라도 부르면 후련해지지 않겠나 싶어요." "민석이 어머니! 이따 11시에 번스예배실로 오세요. 오늘 가슴 후련하도록 노래 많이 부르지요." 그날 11시, 민석이 엄마는 기도회에 오셨습니다. 그날 11시 기도회는 곡조 붙은 기도인 찬양으로 올려드리는 기도회를 했습니다. 과거에 내가 힘들었을 때, 목 놓아 부르며 가슴이 후련해짐을 느꼈던 복음성가를 그날 기도회에서 원 없이 불렀던 것 같습니다.

10개월 동안 같은 자리에 누워 있던 아이 은영이는 뜻하지 않은 사고로 병원에 입원했습니다. 낯선 병원 생활을 시작해야 하는 은영이 엄마는 흰 가운을 입고 병실로 들어서는 나를 처음 보았을 때 의료진으로 생각했던 것 같습니다. 나를 바라보는 눈빛에서 너무나 간절함이 느껴졌습니다. 주일 병원예배 주보를 건네며 "우리 병원 예배 안내입니다"라는 나의 말에 크나큰 실망감 섞인 어조로 대답하였습니다. "우리 교회 안 다녀요!"

주말을 지내고 다시 병실을 방문하여 은영이의 상태를 보게 되었을 때, 나는 아무 말도 할 수가 없었습니다. 간호사 선생님들은 분주히 은영이의 상태를 체크하였고, 청소 여사님은 열심히 그 병실을 깨끗한 환경으로 만드는 데 도움을 주셨고, 의사 선생님은 최선의 방법으로 은영이의 모든 기능이 정상화 될 수 있도록 애쓰고 계셨습니다. 그러나 이들의 많은 노력에도 불구하고 누구도 은영이의 죽음을 막지 못했습니다.

이 일을 겪은 후, 나는 스스로 질문을 하게 되었습니다. '육체적 회복의 가능성이라고는 보이지 않는 은영이와 그의 가족들에게 나는 무엇을 하는 존재인가?' 그저 인사말로만 안부를 물었던 나에게 문득 "하나님의 사랑으로 인류를 질병으로부터 자유롭게 한다"라는 말이 떠올랐습니다. 매일 출퇴근 때뿐 아니라 하루에도 몇 차례씩 병원을 오가며 읽었던 문구입니다. 모든 인류에게 예외 없이 자유할 수 없는 문제가 바로 질병과 죽음의 문제입니다. 그런데, 세브란스 병원은 이 문제에 대한 자유를 외치고 있습니다. 그 방법은 '하나님의 사랑'이라는 것입니다. 병원 목회자로서의 정체성을 찾기 위해 몸부림칠 때, 말씀이 일하심을 경험하였습니다.

요한복음 6장에는 그 옛날 벳새다 들녘에서 있었던 놀라운 일을 보여주고 있습니다. 바로 오병이어의 기적입니다. 예수님의 존재가 증명되며 예수님의 인기는 절정에 다다랐습니다. 민중들의 폭풍적인 에너지는 한결같은 의견으로 결론을 내립니다. "우리의 왕으로 삼자!" 그런데 그 거센 폭풍에 휩쓸리지 않고 예수님은 민중을 떠나 버리십니다. 예수님도 평소에 당신이 왕이라고 하지 않으셨던가요? 예수님은 그 현장을 떠나 가버나움 회당에서 오병이어의 기적을 정리해 주셨습니다.

"너희 조상들은 모세가 광야에서 준 것을 먹고 죽었지만 내가 광야에서 준 떡은 영원히 죽지 않게 한다. 내가 주는 떡은 내 살이다." 영생! 영생의 방법으로 '내 살을 먹어라. 내 피를 먹어라'라고 해석을 해 주십니다. 영생이라는 주제는 처음부터 예수님 메시지의 핵심이었습니다. 예수님만이 인류의 궁극적 딜레마인 '죽음'의 문제를 해결

해 줄 수 있는 온 인류의 왕이신 것입니다. 인간들은 삶의 문제를 해결 받기 위해 예수님을 찾았는데, 예수님은 죽음의 문제를 영생으로 대답하셨습니다.

하나님의 일하심이 '생명을 살리는 일'이었습니다. 처음부터 그랬습니다. 그 하나님의 일을 하는 병원 목회자로서 참 생명을 전하는 것이 바로 하나님의 일을 하는 것이었습니다. 요한복음은 예수님의 오병이어의 해석 이후에 많은 제자들이 예수님을 떠났다고 했습니다. 그러나 예수님과 함께 있어 연합을 이루면 거기엔 영생이 있습니다.

인사말 마일리지로 친구가 된 도윤이 엄마에게도, 민석이 엄마에게도, 은영이 엄마에게도 가랑비에 옷 젖듯이 말씀이 일하셨습니다. 그들은 저와 친구가 되었고, 시간이 흘러 세례도 받게 되었습니다. 인사말 마일리지가 어느새 기도 마일리지가 되었습니다. 은영이의 장례를 집례하며 하늘나라로 보내는 과정을 함께하고 7개월의 시간이 지난 어느 날, 은영이 엄마는 나를 찾아와 내 손에 무언가를 건네며 이야기했습니다. "목사님! 많이 생각한 것인데 이것을 받아주세요. 꼭 목사님께 드리고 싶었어요." 포장을 열어보니 돌 반지였습니다. "은영이는 하나님 품에 안겼으니 보내주고, 다른 생명을 위해 기도하고 있습니다. 기도해 주세요!" "네, 기도할게요. 새로운 생명을 선물로 주시기를 기도하겠습니다!" 지금도 기도할 때마다 숙제처럼 은영이 가정을 위해 기도합니다. '하나님! 새로운 생명에게 꼭 이 돌 반지를 끼워줄 수 있도록 해 주세요! 돌 반지를 돌려주게 해 주세요.'

어느 날 원목실을 방문한 예찬이를 보며 놀랍기도 하고 기쁘기도 했습니다. 지난번 만났을 때보다 키가 훌쩍 자라 언뜻 보기에도 175cm 정도는 될 것 같았습니다. 예찬이는 2016년 3월에 출판된 『더 아파하시는 하나님』의 첫 번째 스토리 〈너무나 급하셔서 제 코를 부러뜨리셨어요〉의 주인공입니다. 2013년 8월에 축구 경기를 하다 코뼈가 부러지는 바람에 뇌에 악성종양이 있는 것을 알게 되었고, 세브란스병원에서 수술을 했고 항암치료를 받았습니다. 치료 기간 동안 예찬이와 기도 제목을 함께 나누었습니다. 지난번에 왔을 때는 "목사님, 성장 호르몬이 문제가 되어 키가 자라지 않을 수 있다고 해요. 기도해 주세요"라는 부탁을 받았었는데 그랬던 예찬이가 몰라보게 자라서 방문한 것입니다. "목사님! 교수님도 깜짝 놀라셨어요! 이건 있을 수 없는 일이라고 해요" 저의 속에서 너무나 큰 감사의 고백이 터져 나왔습니다. '아! 하나님이 하셨군요. 하나님! 정말 정말 감사합니다! 여호와 하나님! 당신의 이름을 위하여 의의 길로

인도해 주셨군요!' 예찬이의 기도와 예찬이를 위해 기도하는 분들의 기도가 마일리지로 적립되었습니다.

병원에서 만나는 수많은 환우와 보호자에게 제가 자신 있게 할 수 있는 일은 하나님의 마음을 전하는 것입니다. 마일리지가 차곡차곡 쌓이듯 만나고 또 만나서 그 만남이 하나님과의 만남으로 연결되도록 하는 것입니다. 그리하여, 내 생각보다 크신 하나님의 생각! 내 계산보다 정확하신 하나님의 계산! 내 머리부터 발끝까지 오장육부와 신경과 세포, 조직과 혈액, 분자, 원자… 아니, 이름도 다 알지 못하는 기관 기관들…, 내 존재! 나보다 나를 더 잘 아시는 하나님이 이 우주 만물의 주인이심을 목 놓아 토해내며 고백할 수 있도록 돕는 것이라고 믿습니다.

두려워 말라
내가 너와 함께 함이라

'주안'이네 가족

목사 김현철

2016년 5월 어느 날, 병원 환자들을 만나고 기도하러 기도실 문을 열고 들어가자 기도실 바닥에 무릎을 꿇고 흐느끼며 기도하는 젊은 남자가 눈에 들어왔습니다. 반바지 차림으로 살을 바닥에 맞대고 무릎을 꿇고는 주변을 의식하지 못하는 듯 눈물을 흘리며 간절히 기도하고 있었습니다. 무슨 일로 저리도 간절히 기도하는 것일까 하는 생각과 함께 주님께서 도와주시기를 기도하며 뒤에 앉아 지켜보고 있었습니다. 얼마가 지났을까? 그 청년은 일어났고 같이 이야기를 나눌 수가 있었습니다.

사연인즉 뱃속의 아기가 25주 만에 태어났는데 의사로부터 살 가능성이 20-30% 정도밖에는 되지 않는다는 말을 들었다는 것 이었습니다. 산모는 임신 중 고혈압으로 뇌 이상과 발작 가능성이 있어서 제왕절개로 일찍 출산을 할 수 밖에 없는 상황이었습니다. 25주가 된 정상아이라면 체중이 800그램 정도 나가는데, 산모의 건강상태가 좋지 않아서 태어난 아기는 460그램밖에 되지 않았습니다. 누워있는 아기는 어른 주먹보다도 작았고 아기의 머리는 엄지손톱만큼 작았습니다. 신체의 모든 기관이 잘 자라지 못한 상태였고 특히 폐가 자라지 못하여 스스로 호흡을 할 수가 없었습니다. 그래서 아이의 폐에 고빈도 인공호흡기를 넣어 호흡을 도와줘야만 했습니다. 아이는 신생아집중치료실에서 힘든 시간을 견뎌내야 했습니다. 아이의 부모는 아이를 자주 볼 수도 없어 너무나 마음을 졸이고 있는 상황이었습니다. 지금까지도 그때 기도실에서 눈물을 흘리던 아기 아빠의 말이 기억납니다. "아기가 아파서 제가 평생 옆에서 수발을 해야 한다 해도 살기만 했으면 좋겠어요." 아버지의 사랑이었습니다.

두려워 말라
내가 너와 함께 함이라

원목실 교역자들은 여러 환자분들을 위해 기도하지만 특히 아기의 생명이 위험하다는 말에 더 관심을 가지고 기도하였습니다. 아기부모는 매일 원목실에서 인도하는 아침 기도회에 참석하며 예배를 드렸고, 아기를 위해 여러 사람들에게 기도를 부탁하고 또 기도하였습니다. 아기의 아버지가 기도실에서 간절히 기도하는 모습은 자주, 그리고 오랫동안 볼 수 있었습니다. 아기의 이름을 '이강재'라고 짓고부터는 "우리 강재를 위해 기도해주세요"라고 자주 말하였습니다. 신생아집중치료실 면회시간에 강재를 보러 들어가면 "엄마 아빠가 강재를 너무나 사랑해!"라고 말하고 찬양을 불러주었다고 합니다. 나중에 담당 간호사 선생님들의 얘기를 들었는데, 젊은 부모가 인큐베이터 앞에서 조용히 손잡고 기도하는 모습이 너무나 사랑스럽고 귀해 보였다고 하였습니다. 태어난 지 며칠 후 강재의 엄마가 헌금을 하며 헌금봉투에 적어 놓은 기도 제목은 원목실 식구들을 감동시켰습니다.

〈기도제목〉

임신 25주 임신중독으로 아이를 낳다.

주수를 다 채우지 못하고 낳아 아기가 460g으로 태어났지만

태어난 지 사흘 만에 520g이나 되어서 하나님께 너무 감사드

려요. 우리 대한이투(태명)가 오늘도 건강하게 꼬물꼬물 아무 탈 없이 살아있게 해주셔서 감사드려요. 앞으로 많은 검사가 남았고 하나님께 부탁드릴 일이 많이 남아 있어 죄스럽지만, 하나님, 대한이투가 저와 함께할 수 있게 도와주세요. 하나님, 세상에 사람을 이 정도로 사랑할 수 있다는 마음 가르쳐 주셔서 감사합니다. 하나님, 오늘 너무 너무 감사드립니다.

의사 선생님들은 아기가 살 가능성이 적을뿐더러 살게 된다 하더라도 여러 장애가 남을 수 있다고 판단했습니다. 그러나 하나님께서는 강재와 이 가정에 기적 같은 일들을 하나씩 이루어주고 계셨습니다.

앙상했던 아이의 몸에 살이 붙기 시작했고, 몸 속 산소 수치가 점점 높아지기 시작했고, 심장 등 여러 장기들도 큰 이상 없이 자라나고 있었던 것입니다. 미숙아 망막증 수술을 받지 않아도 되었습니다. 모두들 기적이라고, 하나님께서 도와주셨다고 말할 수밖에 없었습니다. 어린 부모의 간절한 기도와 사랑, 아기를 살리려

두려워 말라
내가 너와 함께 함이라

는 의료진의 끝없는 노력과 많은 이들의 관심과 기도를 하나님께서 기뻐하신 것이었습니다. 부모들은 아기의 이름을 강재에서 '주안'으로 바꾸었습니다. 그 뜻은 '주님 안에서'입니다. 이 아기가 지금 주님 안에서 치료 받고 있으며, 앞으로도 주님 안에 거하며 주님께 쓰임 받기를 바라는 소원에서였습니다.

　병원에서의 여러 치료와 돌봄으로 주안이는 잘 자랐고 결국 퇴원하게 되었습니다. 그리고 정기적으로 잘 자라고 있는지 검진만 받으면 되었습니다. 주안이 가족에게 일어난 일은 그 과정을 가까이서 지켜본 이들에게나 전해 듣기만한 이들에게나 큰 기쁨과 소망이 되었습니다. 주안이가 자신에게 일어난 이 놀라운 일을 전해 듣고, 부모의 귀한 양육을 받아 세상의 어렵고 아픈 이들을 섬기는 사람으로 성장하기를 기도합니다.

사랑의
용서

목사 박남호

　어느 날 원목실로 환자와의 상담을 요청하는 원내 전화가 걸려 왔습니다. 가정의학과 교수님께서 외래 진료를 보시다가 환자의 심령에 관한 상담이 필요하다는 판단하에 도움을 청하신 것입니다. 원목실을 찾아 온 환자분은 말을 더듬으시며 불안 증세를 보이셨습니다. 상담을 통해 남편, 자녀, 물질 등의 심각한 문제들 때문에 극심한 스트레스를 받아 많이 힘들어하시는 것을 알 수 있었습니다. 한참 동안 마음에 있는 것들을 다 토해내듯 한탄과 설움을 쏟아내시며 답답해하시더니, 도대체 이 힘든 상황에서 탈출할 수 있는 해법이 있는지 물어 오셨습니다. 당시로서는 그 어느 것 하나 속 시원히 해결 해

줄만한 것이 없었습니다. 그러나 '이 모든 것이 복음을 듣고 믿기만 하면 해결될 텐데' 하는 생각이 들었습니다.

나는 한참을 듣고 있다가 환자분의 종교를 물었습니다. "저는 종교가 없습니다. 그렇지만 저는 무슨 종교든지 믿으면 잘 믿을 것입니다." 그러나 환자분이 말하는 종교에 기독교는 제외 되어 있었습니다. 기독교에 대해 말을 꺼내자 굉장한 반감을 보이며 조목조목 자기 주변에 있는 기독교인들의 못마땅한 부분에 대해 열거하셨습니다. 들어 보니 기독교 교리에 대한 문제라기보다는 자신을 힘들게 한 기독교인들에 대한 것이었습니다. 관계가 불편한 사람이 있었는데 알고 보니 종교가 기독교였고 환자분께 기독교인이 되라고 강요하자 반감을 갖게 되었다고 합니다. 환자분은 기독교에 대해 전혀 모르면서도 그런 사람들이 늘어날수록, 그들이 기독교인이 되기를 강요할수록 반감이 더 커진 것입니다.

한편, 자신을 치료해 주시고 있는 교수님에 대해서는 큰 은혜를 입었다며 어떻게 해도 그 신세를 못 갚을 것이라는 말을 하셨습니다. 상담을 하러 원목실로 오셨을 때는 레이저 시술을 받은 터라 상당히 호전된 상태였지만 치료 받기 전의 휴대폰에 있는 본인의 사진을 보여 주시는데 중국에서 제조된 약을 잘못 먹어서 마치 스머프처럼 몸 전체가 파랗게 변한 모습이었습니다. 그리고 아직 치료 받지 못한 부분을 보여 주셨습니다. 피부색 때문에 대인 기피증이 생기고, 자신감도 없고, 남편이 자신을 가까이 하기를 꺼려하는 이유 중 하나가 역시 이상해진 피부색 때문이라고 하였습니다. 그런데 교수님께서 매우 친절하시고 잘 치료해 주셔서 점점 좋아지고 있다고 감사해 하셨습니다. 아직 종교는 없지만 교수님이 섬기는 신이라면 나도 한번 믿어보겠다고, 섬기겠다고 하시며 한 마디 덧붙이셨습니다. "교수님이 섬기는 신을 섬기면 교수님도 좋아하시지 않으실까요?"

이 환자분의 주치의는 외래 진료실 앞과 진료실 안에 원목실 상담 요청 카드를 만들어서 환자분들이 채플린의 상담을 필요로 하면 상담도 하고, 복음도 전해 듣기를 원하시고, 하나님을 위해서 살기로 작정하고 노력하는 신실한 분이십니다. 불과 조금 전까지도 기독교인들이 정말 싫다고 하던 환자분이었지만, 하나님께서는 이러한 교수님의 따스한 마음과 어디서도 고치지 못했던 피부를 고쳐주시는 것을 통해 환자분의 강퍅한 마음을 열고 계셨습니다. 나는 차근차근 복음이 무엇인지, 기독교란 어떤 종교인지, 신앙생활을 한다는 것은 어떤 것인지에 대해, 그리고 상처 준 사람이 있다면 그것은 하나님의 가르침대로 살지 못한 것이며, 그 사람에게 상처 받았다면 그 사람이 그렇게 살지 못한 부족한 부분 때문임을 이해하기 쉽도록 알려드렸습니다.

두려워 말라
내가 너와 함께 함이라

그리고 기독교의 핵심 진리인 세상을 창조하신 하나님의 아들 예수님께서 죄인인 우리를 사랑하셔서 내담자의 모든 죄를 대신 짊어지시고 모진 고통을 당하심으로 죄의 값을 치르시고, 십자가에 못박혀 죽으심으로 죄 사함을 받았다는 사실을 전해 드렸습니다. 환자분은 이렇게 자신이 죄 사함 받고, 하나님의 사랑을 받고 있다는 복된 소식을 듣고, 예수님을 주인으로 고백하셨습니다. 그러면서 감격의 눈물을 하염없이 흘리셨습니다. 하나님께서 그 마음을 만지셨던 것입니다. 그 이후로도 여러 번 원목실로 와서 하나님과 신앙생활에 대해 조금씩 배워 나갔습니다. 마음이 많이 열리면서 얼굴에는 점점 기쁨과 평안과 안정감이 생겼습니다.

어느 날은 환자분이 원목실로 찾아오셔서 자신의 올케가 말기 암으로 우리 병원에 입원해 있는데 본인의 잘못을 시인하지 않는다고, 용서할 수 없다고 원망과 증오를 쏟아내셨습니다. 우리의 죄가 없었다면 고난당하시고 죽지 않으셨을 예수님께서 우리를 위해 죽으셨으니, 우리가 예수님을 죽인 것입니다. 예수님은 자신을 죽이려는 우리를 사랑하셔서 결국 우리 때문에 죽어주셨는데, 어찌 용서 받은 우리가 먼저 가서 용서하고 화해할 수 없겠느냐고 화해하기를 권유했습니다. 그래도 그렇게는 못하겠다며 강력하게 거부하시면서도 분노와 용서 사이에서 한참을 괴로워하시던 환자분은 사랑의 십자가를 깊이 생각하고, 결국 눈물을 흘리며 하나님 앞에 그 올케를 예수님의 사랑으로 용서한다고, 가서 화해하겠다고 기도하며 말기 암으로 죽음 앞에서 투병하고 있는 올케를 찾아가 화해의 손길을 내밀었습니다.

먼저 손 내미는 것이 결코 쉽지 않았겠지만, 그분은 먼저 다가가서 실천했습니다. 그렇지만 아쉽게도 죽음을 앞둔 올케는 화해의 손을 외면했습니다. 그리고 약 한 달 후 세상을 떠났습니다. 나중에 시간이 흘러 원목실로 찾아온 환자분은 만약 올케 언니에게 자신이 화해를 청하지 않았다면 두고두고 마음이 아팠을 거라며 감사하다고 하셨습니다. 참 잘하셨다고, 하나님께서 보셨고, 그 마음을 받으셨을 것이라고 위로와 격려를 해 드렸습니다. 환자분은 신앙생활을 하면서 참으로 행복한 시간을 보내고 있다고 고백하셨습니다. 문제가 모두 해결된 것은 아니지만 마음이 정말 좋다고 하셨습니다. 처음 만났을 때는 무척 힘들어하는 모습을 보며 복된 소식, 굿 뉴스를 알지 못하는 것이 안타까웠는데 드디어 그 복음을 점점 제대로 믿고, 누리는 모습을 봅니다.

이후로도 가끔 원목실로 찾아오시거나 문자나 전화로 계속 관계를 갖고 있습니다. 지역 교회에 다니면서 새벽기도도 다니고, 세례도 받고 잘 지내고 있습니다. 신앙생활을 하면서 조그만 식당을 열었습니다. 가끔 담당 교수님과 함께 가서 축복하고, 동료 교수님들과 많은 전공의분들과 함께 배불리 먹고, 교수님은 참석하지 못한 분들의 몫까지 일부러 사서 가지고 오십니다. 교수님의 따뜻한 배려에 환자분은 정말 고마워하고 기뻐하십니다. 주님 안에서 주시는 참된 행복과 고달픈 인생의 짐을 다 내려놓고 더욱 더 많은 복 누리며 사시기를 기도하며 기대합니다.

환경은 전혀 바뀌지 않아도 가장 근본적인 죽음 이후의 문제, 죄의 문제가 해결되고 세상을 창조하신 신이 자신을 얼마나 사랑하고 계시는지를 깨닫고, 그 참 신이신 하나님을 믿게 되는 순간부터 마음에는 감사와 기쁨이 생깁니다. 환경은 서서히 바뀌게 되어 결국에는 영육 간에 구원을 주시는 하나님과 예수님의 십자가 사랑이 너무도 귀합니다. 하나님께서 알렌 선교사를 통해 세브란스병원을 세우

시고, 교직원분들과 원목실을 통해 환자분들을 만지시고, 변화시키심을 봅니다. 더 많은 분들이 육체의 질병에서 자유하고, 영혼도 참된 평안을 누리게 되시기를

기도하며 기대합니다. 부르시고, 사용하시며, 일하시는 하나님께 감사드립니다.

두려워 말라
내가 너와 함께 함이라

나를
보시오

전도사 이명호

　KBS에 근무하셨던 이문열 집사님(61세)의 이야기입니다.

　이문열 집사님은 충무공의 후손으로 자부심과 명예가 있는 가문의 종갓집 10남매 중 장남으로, 시골에서 모든 총애와 관심을 받으며 공부 잘하는 아이로 성장했습니다. 개천에서 용 난다고 하듯 이 집사님은 서울 명문대 사학과를 나와 언론사에 입사했습니다. 일을 하다 보니 자연스럽게 유명한 아나운서와 여러 동료를 만나게 되었습니다. 하루는 남산에서 시끄럽게 노래한다는 신고를 받고 가보니 웬 가수가 '쿵따리 샤바라'라는 노래를 하고 있었습니다. 시대를 좀 앞서가는 듯했지만 신선한 노래였기에 매스컴을 통해 전파되었고 그 일로 그 가수들과 인연이 되었습니다.

　2000년 11월 9일. 이문열 집사님은 회식을 끝내고 오토바이를 타고 오다가 신사동에서 불법유턴을 하는 차량에 치어 교통사고를 당했습니다. 당시에 여러 명이 함께 오토바이를 탔는데 그중 두 명은 결국 사망하였고, 두 명은 보도로 튕겨져서 겨우 목숨을 건질 수 있었습니다. 한 사람은 하반신 마비가 되었고, 이 집사님은 대퇴골을 비롯해 온몸을 다쳐서 의료진들이 보기에도 쉽지 않은 상황이었습니다. 집사님은 사고가 난 후에 모 병원 영안실로 가기로 되어 있었다고 합니다. 그러나 아내는 남편을 영안실로 보낼 수가 없었습니다. 생명의 끈을 놓지 않았고 모든 힘든 과정을 보낸 후, 영동세브란스병원 중환자실에서 6개월을 보내고 신촌 세브란스병원으로 와서 재활을 하게 되었습니다. 그 사고가 나기 전까지 이 집사님의 삶의 믿음은 공자, 맹자였습니다. 어려서부터 집에서 유교와 불교의 영향 아래 전형적 사고를 가지고 양육 받은 분이셨고, 시골에서는 모든 친척들의 우상이었습니다. '서양 귀신인 예수를 믿느니 차라리 내 주먹을 믿어라' 하는 식의 사고를 가지고 있었기에 기독교를 박대하였고 전도자를 매도하는 사람이었습니다.

　그런 이 집사님에게 결혼 후 기적과도 같은 일이 생겼습니다. 집사님은 결혼을 했지만 아이가 없었습니다. 건강한 부부에게 3년 동안이나 아이가 생기지 않으니 시골집에서는 이 집사님과 아내에게 "아이가 없으니 이혼을 하든지 밖에서 아이를 낳아오라"는 강한 언어로 부부에게 상처를 주었고, 친척들은 종갓집의 대가 끊어진다며 싸늘한 눈초리로 대했습니다. 마음이 힘들어진 집사님은 어느 날 후배와 술을 한잔하며 괴로움을 토로하였는데, 그 후배가 집에 돌아가 자기 처(妻)에게 이야기를 했습니다. 기독교인이었던 그 후배는 이문열 집사님에게 '교회에 다녀보면 좋겠다', '기적이 일어날 수 있다'고 말했고, 집사님의 아내는 후배 처를 통해 함께 교회를 다니게 되었습니다. 이제 마음 한구석에 있던 무엇인가를 떠넘긴 것만 같은 홀가분한 마음이었습니다. 그런데 얼마 후 3년 동안 아이를 갖지 못했던 이 부부에게 정말 아이가 생겨서 모두를 놀라게 하였습니다.

아내의 임신 소식은 기적이었고 하나님의 이름을 부르게 하였습니다. 그때까지만 해도 이 집사님은 아내만 교회에 다니게 허락했지 본인은 교회를 다니지 않았습니다. 마음에 무엇인가 올라왔지만 그때는 알지 못했습니다. 첫딸을 낳고 한동안 다시 아이가 생기지 않았습니다. 믿음이 생긴 아내는 열심을 내어 새벽기도를 다니고 기도하면서 날로 신실해졌습니다. 7년의 터울로 아들이 태어났을 때, 그 감사를 이문열 집사님은 알지 못했습니다. 그러나 아내는 자신의 설움을 보상받은 기적을 예수님과의 만남으로 채워나갔습니다. 이제 모든 것이 살만하고 안정된 직장도 있고 자녀도 있는 가운데 평안이 찾아온 줄만 알았습니다.

그러나 2000년 11월 어느 날, 이문열 집사님의 사고는 집안의 신앙을 송두리째 바꿔버렸습니다. 의료진은 가족들에게 이 집사님이 임종을 앞두고 있으니 모든 가족과 친지를 다 불러 만나도록 하라고 했습니다. 갑자기 종갓집 장손이 사고를 당했다는 소식에 모든 일가 친척들이 병원으로 달려왔습니다. 이제 영안실로 갈 시간이라는 말을 들을 줄은 아무도, 꿈에도 몰랐습니다.

아내의 믿음은 여기에서 여실히 드러났습니다. 죽든 살든 목사님의 기도를 받아야 한다며 모든 사람을 설득했습니다. 죽으면 천국에 가야하고 살아서는 복음의 씨앗을 뿌려야 한다고 생각했던 것입니다. 아이들을 아빠 없이 키울 수는 없다, 혼자 힘으로는 도무지 아이들을 데리고 살아갈 수 없다는 생각에 무조건 기도를 하였습니다. 아내의 교회 목사님이 오셔서 기도해주셨고, 소식을 들은 교회의 모든 성도들도 모두 기도하기 시작했습니다. 그 기도는 생명을 살리는 기적이 되었습니다. 그리고 이문열 집사님은 복음을 받아들여 예수님의 자녀가 되는 축복을 받았습니다.

두려워 말라
내가 너와 함께 함이라

집사님은 중환자실에서 지내는 6개월간 수많은 환자들의 생명이 어떠한 방향으로 인도를 받았는지 누구보다도 잘 압니다. 그래서 자신의 삶이 예수님의 값진 피로 이루어진 공로임을 알고 있습니다. 누가 말해주지 않아도 스스로 알 수 있도록 보여 주신 것입니다. 하룻밤 사이에 누구는 생명이 멈추고, 또 누구는 새로 들어와 호흡을 재개하고…. 목에 기도 삽관을 하여 생명을 연장하는 자신의 모습도 보았습니다. 신촌 재활병원에 처음 왔을 때 전도사님이 건넨 "예수 믿으시지요. 세례 받으세요"라는 한 마디 말이 쿵하고 그의 마음을 움직였습니다. 살면서 단 한 번도 그런 말을 들어보지 못했는데 가슴이 뛰기 시작했습니다. 그리고 바로 병원에서 세례를 받았습니다. 예수님이 하나님의 아들인지 알지도 못했지만 자신을 고쳐주기만 하면 미국 사람이든, 소련 사람이든 믿겠다고 생각했던 순간입니다.

그 후 휠체어를 사용하여 시골에 갔습니다. 자신의 신분을 보장하던 직장도 없어졌고, 모든 것이 무의미한 그때, 갈 곳도 없는 그때, 그래도 자신을 받아주는 부모가 있는 집으로 갔습니다. 시골길은 늘 한산하기 그지없습니다. 하루 종일 차 몇 대 지나가지 않을 때도 있습니다. 울퉁불퉁한 그 길에서 휠체어가 뒤집히면 땀이 범벅이 되어서 혼자 일어설 수가 없습니다. 서울의 평평한 아스팔트길이 아닙니다. 넘어지고 일어서고, 또 넘어지고 일어서는 그런 설움을 뒤로하고 하나님은 광야 같은 그 시간을 이길 용기를 주셨습니다.

목발을 사용하게 되자 "이제부터는 내 목숨이 하나님의 목숨이다. 나는 다시 태어났다. 하나님의 일을 해야 한다"라는 감사가 마음에 올라오고, 생명을 주신 하나님의 기적을 보게 되었습니다.

처음에는 걸음도 뒤뚱뒤뚱하고, 말도 알아듣지 못하고 소통이 되지 않았습니다. 버스를 타려고 하면 버스는 이미 떠나버리고 사람들에게 밀려 넘어지기도 했습니다. 식은땀이 비 오듯 할 때가 비일비재하였습니다. 그렇지만 세브란스에서의 11시 예배는 그가 영적으로 힘을 얻고 은혜를 깨닫는 시간이었습니다. 그의 모습은 다른 환자들에게 위로가 되었고 증거가 되었으며, 목에 삽관을 하였던 자국은 영광의 자국이 되었습니다. 그 삽관이 아니었다면 그는 숨을 쉴 수도, 음식물을 먹지도 못했을 것입니다. 어긋난 대퇴골은 이 집사님에게 절름발이 걸음을 남겼습니다. 의료진은 대퇴부의 관절에 희망이 없다고 말했지만, 집사님은 지금도 여전히 병원의 11시 예배에 참여하여 자신의 소임을 다하고 있습니다.

누군가의 시선으로는 말하는 것조차도 어눌한 장애인이겠지만 하나님의 시선으로는 용기 있는 아들입니다. 그 모든 시간 '내 남편 살려 주세요' 하고 옆에서 눈물 흘리며 기도하던 아내는 지금도 이 집사님을 떠나지 않고 자녀를 양육하여 딸과 아들을 세상의 보석으

두려워 말라
내가 너와 함께 함이라

로 멋지게 다듬어 주었습니다. 하나님께서 아내 집사님의 노고를 아시고 기도를 기뻐하시며 은혜를 주셨으니 참 감사한 일입니다.

이문열 집사님은 하나님의 계획대로 살기를 소망하고 꿈꾸며, 이를 위해 늘 기도하고 있습니다. 그리고 모든 이들에게 꼭 알려 주고 싶은 것이 있다고 전하십니다. "너희가 믿는 신은 우상에 불과하다. 천지를 지으신 이는 누구인가, 우리는 어디로 가는가."

세브란스 교역자들의 사랑 이야기
두려워 말라 내가 너와 함께 함이라

2018년 5월 23일 초판 1쇄 인쇄
2018년 5월 29일 초판 1쇄 발행

엮 은 이 | 연세대학교 의료원 원목실
펴 낸 이 | 김영호
펴 낸 곳 | 도서출판 동연
등   록 | 제1-1383호(1992. 6. 12)
주   소 | 서울시 마포구 월드컵로 163-3
전   화 | (02)335-2630
전   송 | (02)335-2640
이 메 일 | yh4321@gmail.com

Copyright ⓒ 연세대학교 의료원 원목실, 2018

ISBN 978-89-6447-408-2 03810